Pablo Neruda

In deinen Träumen reist dein Herz

Pablo Neruda

In deinen Träumen reist dein Herz

Einhundert Gedichte

Herausgegeben
und mit einem Nachwort versehen
von Fritz Rudolf Fries

Luchterhand

Ewigkeit

Ich schreibe für eine jüngst den Wassern
entstiegene Erde, noch
frisch von Blumen, Blütenstaub und Mauerkalk,
ich schreibe für ein paar Krater, deren Kreidekuppen
ihre sphärische Höhlung aneinanderreihen am reinen
ewigen Schnee,
ich gebe sogleich meine Ansicht kund über das, was der
eisenhaltige,
eben dem Abgrund entquollene Rauch mühsam mit sich
führt,
ich rede für die Grasebenen, die keinen Namen haben,
nur der Moosflechte kleines Glöckchen kennen, den
versengten Blütenfaden,
oder das struppige Dickicht, wo die Stute in Liebesglut
brennt.

Woher denn stamme ich, wenn nicht aus diesen
uranfänglichen und blauen
Materien, die sich ineinanderschlingen, schwellen oder
einander verdrängen,
unter Tosen sich verbreiten oder somnambul verströmen,
oder in die Höhe ranken und des Baumes Schutzwehr
bilden,
oder in die Erde sinken und des Kupfers Zelle binden,
oder ins Gezweig der Ströme schnellen oder untergehen,
erdbedeckt, als der Kohle Ursprung oder funkeln
in der Traube grünen Dunkelheiten.

Wie die Ströme schlaf ich in den Nächten, irgend etwas
unentwegt durchmessend, durchbrechend, und ich treibe
die schwimmende Nacht voran, heb die Stunden all
dem Licht entgegen, befühle die geheimnisvollen
Bilder, die der Kalk vertrieb, steig durchs Erz auf
zu den Katarakten, jüngst gebändigten, und auf einem Lauf
der Ströme berühre ich, was nur die Rose,
die noch nie erblühte, spendet, die versunkene Hemisphäre.
Die Erde ist ein Dom aus bleichen Augenliden,
verbunden ewiglich einander und gehäuft in einem
Seesturm von Segmenten, in einem Salz von Gewölbe,
in eines begnadeten Herbstes Farbenfinale.

Ihr habt nicht, habt nie am Weg berührt,
was der nackte Stalaktit beschwört,
zwischen den eisigen Lichtern das Fest,
die große Kälte der schwarzen Blätter,
ihr seid nicht eingedrungen in die Fasern mit mir,
die das Erdreich verborgen hält,
ihr seid nicht aufgestiegen wieder von den Toten dann,
Sandkorn um Sandkorn, sandiger Erde Stufen,
bis daß die Strahlenkronen des Taus
erneut eine entfaltete Rose bedecken,
ihr könnt nicht leben, ohne dahinzusterben
im abgetragenen Gewand des Glücks.

Ich aber bin metallisch die Aureole, der Reif,
den Weiten verkettet, den Wolken, den Landen,
der an hinabgestürzte und verstummte Wasser rührt
und der Zeit unendlichem Wirrsal abermals trotzt.

Der Einsame

Schulhof du, der Sonne ausgesetzter Ort,
von Hütten umstellt mit bemoosten Wänden;
im gelben Laub die Pappel dort,
ohne Ende der Gang, den Rosenstock in Händen.

Die Zeit ist ein launischer Wechsler, verkleidet
mit irren Kostümen, mit denen sie uns streichelt.
Sie gibt uns Trauer, wenn sie die Dinge meidet,
aber es ist eine Tristesse, die uns schmeichelt.

Die Pappel erhebt sich hochmütig und stolz,
in goldenen Wellen zeigt sich ihr schönes Holz,
trauernd kann sie so sanft mit den Dingen kosen.

Mit Geringschätzung sieht sie, was am Boden ist.
Verachtet blicklos den Rosenstock, der sich an ihr mißt,
den geheiligten Duft der letzten Rosen …

Das schmerzhafte Warten

Nicht gekommen ist die Geliebte, nie wird sie
kommen, nie ihre Hände reichen.
Am Tage ihrer Ankunft wird alles blühen wie noch nie,
die Sanftmut wird der Trauer weichen …

Ausgelöscht sind dann die Schmerzen dieser Nacht.
Damit der Mond sich dem vollkommnen Berg vermähle.
Die verzückten Augen kommen nicht los von dieser Pracht
in einer Kommunion von Geist und Seele.

Nicht gekommen ist die Geliebte, nie wird sie
kommen, doch ist sie auf dem Weg, und nie
war meine Freude anders als ein Gramm an Hoffnung
mehr.

Sind wir über alle Zweifel und Befürchtungen erhaben,
und können wir die Wunde alter Schmerzen nicht ertragen,
so wird das Herz vom Warten auf die Liebe niemals leer.

Seit du gegangen bist

Seit du gegangen bist, spür ich die Bitterkeit,
die unendliche, dir so viel nicht gesagt zu haben,
verschwiegen hab ich Märtyrer die sanfte Zärtlichkeit,
die ich versteckte, wie Rosen sich ins Dunkel graben,

und nicht gesagt hab ich der Worte duftenden Hauch,
die ich im Munde trug, sie hegte unverdrossen;
auf die ich wartete und trug sie doch mit Feuer auch,
und die stets zu Eis wurden, wenn sich die Lippen
schlossen.

Jetzt da du gegangen bist, leide ich tief in der Brust,
daß ich dir verschwieg des Füllhorns süße Lust,
die nur für dich, mein Lieb, erblühte …

Doch weiß ich, kämst du eines Tages wieder
und ich suchte nach den Worten meiner Liebeslieder,
bewirkte Bitternis, daß ich mich umsonst nur mühte.

21. Juli 1919

Der Dichter, der weder Bürger noch demütig ist

Ein Jüngling von kaum fünfzehn Jahr,
schreibt Verse, darin die Bitternis pulsiert,
er hat vom Salz der Enttäuschungen gegessen immerdar,
indes ein anderer in Liebe groß stolziert.

Er hat im Bestiarium des Lebens Unvernunft gesehen,
wo die Natur ihre Instinkte abgerichtet hat,
und er bat, die Ideale sollten sie ihm lassen stehen,
die so vollkommen sind und schön wie der Tag;

und durchs Leben zieht er und trägt Trauer.
(Die Menschheit wurd aus ihm nicht schlauer
und sah nicht, daß er ein Dichter ist seit er ein Kind.)

Und er wartet allein auf bessere Tage,
den Schmerz zu ertragen in besserer Lage,
und er stellt sich vor, sie kommen und eilen geschwind.

In der Chemiestunde am 30. Juli

Ballade von der traurigen Kindheit

Du meine Kindheit, traurig wie ein Kehrreim,
bist verlorengegangen im Nebel, im Licht oder im Meer.

Du meine traurige Kindheit
so klar wie das helle Gelübde der Keuschheit.

Ihr meine fernen Stunden, ihr meine verlorenen Stunden,
die aus der Entfernung den Ruch von Heiligkeit
annehmen.

Ohne einen Bruder. Ohne die Liebe anderer. Kaum ein
Bodennebel von Dingen, die im Kommen waren …

Wer trübte meine Kindheit, wer warf die Asche der Toten
nach mir? Was haben sie mir gegeben, was – oh Herr?

Wer sammelte meiner Liebe Zärtlichkeiten, all
diese rosa Liköre meines guten Herzens?

Hat der Haß der Vorfahren meinen Wein verdorben?
Trugen die Männer aus anderen Jahrhunderten die Wunden,
die ich noch nicht kenne?

Kämest du eines Tages wieder

Geliebte, blonde Geliebte meiner frühen Tage,
du bist aus meinem Leben gegangen, ohne es zu wissen,
so wie du gekommen bist in meinen guten Tagen,
wirst du meinen Frühling erzittern lassen.

Geliebte, blonde Geliebte, du hast gewartet,
bis ich müde war, und warten kann ich längst nicht mehr,
seit meine reinsten Wünsche sich in Trübsal kehrten,
und seit ich nicht mehr meinen Ort verlassen kann.

Kämst du eines Tages zurück, blonde Geliebte, die ich
verloren habe, wird meine Müdigkeit aus Seide sein und
ein Lächeln wird dich, tiefste Wunde meines Lebens,
begleiten, falls du noch einmal in meinen tiefsten Kummer
steigst.

8. Februar

Elegie über den zeitweiligen Schmerz

I

Heute morgen sangen und zogen vorbei
drei Soldaten auf dem Weg in die Kaserne,
sie kamen über goldblühende Alleen
unterm hellen Licht des frühen Tags,

unterm blutenden Gold der Morgenröte,
himmlischem Sieg der Sonne und des Schönen,
wie sehr glänzten die Blätter und wie
sehr bluteten die Lichter des frühen Tags!

Die drei sangen glühende Lieder von
sanfter Liebe, stummen Schmerzen,
entlegenen Dingen, die nicht zurückkehren.

Sie kamen singend um die staubige Straßenecke,
sie sangen und singend zogen sie weiter und dann
lag alles wieder unterm hellen Licht des frühen Tags.

II

Sanfter Jüngling mit den grauen Augen,
sei nicht traurig, sie kehren zurück,
und sie werden deine bescheidenen Wunden lindern.

Wein doch nicht, Mädchen in deinem Kummer,
alle Dinge vergehen auf immer,
so wie an diesem Morgen die glühenden Stimmen
vergangen sind auf ihrem Weg durch die Stadt.

Das Leben bringt zuweilen Erschöpfung, Mädchen,
es schmerzt uns, schmerzt wie eine Glocke,
die im Gold des frühen Tags vibriert,

und wenn wir uns umschauen auf den Alleen,
hören wir Lieder und klagende Stimmen,
von Männern gesungen, die nicht zurückkehren werden …

Juli 1920

Dörfliche Romanze

Mädchen mit den braunen Augen und dem sanften Blick,
du verschmähtest und also bekamst du sie nicht, meine
Liebe,
hier unter diesen Ackerbürgern eines brachliegenden
Dorfes,
wo ein Dichter fast soviel gilt wie ein Dieb.

Ich, der ich meine Gedichte herumtrug wie einen
Zahnschmerz,
den all diese Leute zu heilen suchten,
ich blickte in deine sanften Augen, sah dein gutes kleines
Gesicht,
und eine Ahnung befiel mich, was geschehen würde.

Und eines Nachmittags dann, als ein Zug stöhnte
(ich glaube, daß er stöhnt und nicht pfeift),
wie gern hätte ich dir da ein paar herzliche Worte gesagt,
und ein wenig Traum und ein wenig Honig dazugegeben.

Und dann mein erträumtes Idyll. Drei Küsse
für deinen Mund, für deine Stimme, für deine Gestalt,
ein Idyll in diesem so bedrückenden und stillen Dorf.
(Und man vergesse Trigo und Lorraine.)

Aber das Leben, Mädchen, wollte es, daß an diesem
Nachmittag
meine Worte herabstürzten, wie nur Steine herabstürzen
können, und fallen wie Schmerzen in ein sanftes
Gehege …
Und waren doch meine Worte Licht des neuen Tages!

Mädchen (ich weiß noch, du trugst flache Absätze),
du warst unkompliziert und gut wie die Einfachheit in
Person!
Und dennoch konnte ich dir nie meine Arme öffnen,
dir meine Honigwaben zeigen und vom Honig geben …

Du nanntest dich Graciela, Graciela mit den sanften Augen,
jetzt, da ich gelitten habe, danke ich dir für deine Grazie.
Wer
mir Emotionen schenkt, wie andere Parfüm verschenken,
dem geb ich ein wenig von meinem Herzen in meinen
Erinnerungen …

Juni 1920

Damals die kleine Schullehrerin …

Die kleine Lehrerin, blond ist sie wie das reife Korn,
so blond, man hielt sie anfangs für eine Engländerin,
sie ist noch immer traurig, ach so traurig wie zuvor!

Man könnte meinen,
sie sei seit ihrer Ankunft krank nur aus Traurigkeit!

Die einen nennen sie Celia, die anderen Marta,
und immer liegt in ihrer Antwort diese Gleichgültigkeit.

Es ist schon so lange her, daß sie Post bekam,
fast sieht es so aus, als ob niemand ihre Abwesenheit
beklagte.

Die Kinder in der Klasse lieben sie, auch wenn sie
von Mal zu Mal trauriger wird,
traurig, wenn sie ihnen von fernen Sternen erzählt,
traurig, wenn sie wissen will, wieviel acht mal drei ist.

Und gestern, als sie ihnen ein Wort fürs Diktat
buchstabierte,
stieg ihr der Nebel der Vergangenheit in die Augen
und hinterm Pult stand sie da und war ganz stumm …
Da fingen unter der Last eines unendlichen Schmerzes
die Kinder in der Klasse, diese armen Herzchen,
die nicht wissen, was sie tun, zu weinen an.

Leib eines Weibes, weißblanke Hügel, blanke Schenkel,
du gleichst der Welt, so weit, so willig, wie du dich hingibst.
Mein Körper, eines rohen Bauern Körper, durchgräbt dich
und läßt das Kind entspringen aus der Tiefe der Erde.

Einsam war ich, ein Tunnel. Vor mir flohen die Vögel,
und Nacht brach in mich ein mit ihren furchtbaren Heeren.
Mich selbst zu überleben, machte ich dich zur Waffe,
zum Pfeil für meinen Bogen, zum Stein für meine
Schleuder.

Doch die Stunde der Rache ist gekommen. Ich liebe.
Dich, Leib aus Haut, aus Moos, aus Milch, voll Kraft und
Begierde.
Ah, die Becher der Brüste! Ah, die entrückten Augen!
Ah, die Rosen des Schambergs! Ah, deine schwere Stimme!

Leib meines Weibes, deine Anmut läßt mich bestehen.
Mein Durst, endlose Sehnsucht, mein Weg ins Ungewisse!
Dunkle Flußrinnen, denen unaufhörlich der Durst folgt
und die Ermattung folgt und das Leiden ohne Ende.

Ich weiß noch, wie du warst, damals im Herbst, dem
vergangnen.
Die graue Baskenmütze; das Herz, als ob es schliefe.
In deinen Augen fochten Flammen des Abenddämmerns.
Und es fielen die Blätter ins Wasser deiner Tiefe.

Meine Arme umklammernd, warst du wie eine Winde,
die Blätter dämpften deine Stimme, als ob sie schliefe.
Scheiterhaufen des Schreckens, auf dem mein Durst
verbrannte.
Gekrümmte Hyazinthe, blau über meiner Tiefe.

Ich fühle deine Augen reisen, der Herbst ist ferne:
graue Mütze, Vogelstimme, Herz wie ein Zuhause,
wohin meine geheimen Gedanken emigrierten
und meine frohen Küsse wie rote Kohlen fielen.

Himmel, von einem Schiff aus. Fruchtland, von öder Höhe.
Dein Bild in mir ist Licht, Rauch, ein Teich, als ob er
schliefe.
Jenseits von deinen Augen flammten die Dämmerungen.
Dürre Blätter des Herbstes kreisten in deiner Tiefe.

Das Lied der Verzweiflung

Dein Bild entsteigt der Nacht, in der ich erinnernd hause.
Der Fluß verströmt ins Meer seine dauernde Klage.

Verlassen wie die Molen in früher Morgenstunde.
Es ist Zeit für den Abschied, ach, verlassen von allem!

Auf mein Herz fällt ein Regen erfrorner Blütenkronen.
Ach, Scherbengrube, Schreckenshöhle voller Gestrandeter!

In dir häuften sich heillos die Kriege und die Flüge.
Dir entschwebten die Schwingen von Vögeln des Gesanges.

Alles verschlangst du gierig, wie die saugende Ferne.
Wie das Meer, wie der Zeitlauf. Alles in dir war Schiffbruch!

Es gab die frohe Stunde des Überfalls, des Kusses.
Die Stunde starren Staunens, hell glühend wie ein
Leuchtturm.

Angst eines Steuermannes, Wut eines blinden Tauchers,
trunkene Liebeswirrnis, alles in dir war Schiffbruch!

Im Kindheitsnebel meine Seele mit wunden Flügeln.
Irrgelaufner Entdecker, alles in dir war Schiffbruch!

Du schmiegtest dich ans Leiden, klammertest dich an
Sehnsucht,
die Schwermut riß dich nieder, alles in dir war Schiffbruch!

Ich machte, daß die Mauer aus Schatten weichen mußte,
und überschritt die Grenzen von Begehren und Handeln.

O Fleisch von meinem Fleische, Weib, geliebt und verloren,
dich ruf ich an in dieser feuchten Stunde und singe.

Wie eine Vase bargst du die unendliche Zartheit,
unendliches Vergessen zerbrach dich, wie die Vase.

Da war die schwarze, schwarze Einsamkeit auf den Inseln,
und dort, Geliebte, dort umschlossen mich deine Arme.

Da waren Durst und Hunger, aber du warst die Frucht mir.
Da war Verfall und Trauer, und du warst mir das Wunder.

Ach, Weib, ich weiß nicht, wie du so fest mich halten
 konntest
am Erdgrund deiner Seele und am Kreuz deiner Arme.

Mein Verlangen nach dir war schrecklich und ohne Dauer,
ungebärdig und trunken, peinvoll drängend und gierig.

Totenacker und Küsse, noch flammt's aus deinen Gräbern,
noch glühen dort die Trauben, zerpickt von wilden Vögeln.

O zerbissener Mund, oh, die zerküßten Glieder,
oh, die hungrigen Zähne, oh, die verflochtnen Körper.

Oh, die verrückte Paarung von Hoffen und Bemühen,
in der wir uns verknoten und an uns selbst verzweifeln.

Und Zärtlichkeit, so leicht wie das Mehl und leicht
 wie Wasser.
Und dann das Wort, nur zaghaft sich von den Lippen
 lösend.

Dies alles war mein Schicksal, und mit ihm zog die
Sehnsucht
und ging mit ihm zugrunde, alles in dir war Schiffbruch!

O Scherbengrube, alles stürzte in deinen Abgrund.
Jedweder Schmerz entquoll dir, Schmerz hat dich
zugeschüttet.

Noch zwischen Sturz und Sturz hast du gelodert, gesungen.
Aufrecht wie ein Matrose vorn am Bug eines Schiffes.

Blühtest noch auf in Liedern, brachst aus, dich wild
verströmend.
O Scherbengrube, bittres Brunnenloch, finster gähnend.

Blaßgrauer, blinder Taucher, glückloser Schleuderschütze,
irrgelaufner Entdecker, alles in dir war Schiffbruch!

Es ist Zeit für den Abschied, die harte kalte Stunde,
welche die Nacht fixiert hat auf jeder Fahrplantafel.

Des Meeres lauter Gürtel legt sich nun um die Küste.
Kalte Sterne erscheinen, schwarze Vögel entfliehen.

Verlassen wie die Molen in früher Morgenstunde.
Nur der zitternde Schatten krümmt sich in meinen
Händen.

Ach, schon jenseits von allem. Ach, schon jenseits von allem.

Es ist Zeit für den Abschied. O verlassen, verlassen.

Pferd der Träume

Sinnlos, wenn ich mich in den Spiegeln betrachte,
einen Geschmack nach Wochen, Biographen, Papieren in
mir,
reiß ich den Höllenfürsten aus meinem Herzen,
führe ich unbegrenzt trostlose Klauseln ein.

Von einem Punkt zum andern schweifend, einsauge ich
Illusionen,
spreche ich mit den Schneidern in ihren Löchern;
diese singen oft mit unseliger und kalter Stimme
und verjagen den bösen Zauber.

Am Himmel ist ein weitgedehntes Land
mit des Regenbogens abergläubischen Teppichen
und mit abendlichen Pflanzenwelten:
dorthin lenk ich meinen Schritt, nicht ohne wirkliche
Beschwer,
umgebrochenes Erdreich fast frischer Gräber zertretend,
träume ich in jenem gezogenen Rankengewirr.

Ich gehe zwischen benutzten Dokumenten, zwischen
Geburten,
gekleidet wie ein besonderes und erniedrigtes Wesen:
ich liebe den abgenutzten Honig der Ehrerbietung,
den milden Katechismus, zwischen dessen Blättern
welke gealterte Veilchen schlafen,
und die in ihrer Hilfsbereitschaft rührenden Besen,
zweifellos ist Verdruß und Zuverlässigkeit in ihrer
Erscheinung.
Ich zerstöre die zischelnde Rose und dies entführende
ängstliche Begehren,

ich reiße geliebte Extreme auseinander, mehr noch,
ich erwarte die maßlose eintönige Zeit:
ein Geschmack in meinem Innern drückt mich nieder.

Welch ein Tag ist unvermutet gekommen! Welch dichtes,
    milchiges Licht,
gedrängt, fingerig, begünstigt mich!
Ich habe sein rotes Roß wiehern hören,
nackt, ohne Eisen und strahlend.
Auf ihm sprenge ich hin über die Kirchen
durchjage soldatenleere Kasernen,
und ein unkeusches Heer verfolgt mich.
Seine Eukalyptusaugen raffen Schatten hinweg,
sein Glockenleib stampft und galoppiert.

Ich brauche einen Blitz beständigen Glanzes,
einen heiteren Verwandten, der mein Erbe übernimmt.

Dichtkunst

Zwischen Schatten und Raum, zwischen Garnisonstruppen
und jungen Mädchen,
mit einem besonderen Herzen ausgestattet und unseligen
Träumen,
vorzeitig bleich und welk die Stirn,
habe ich, in wilder Witwertrauer um jeden Tag meines
Lebens,
oh, nach jedem unsichtbaren Wasser, das ich trinke wie
im Schlaf,
nach jedem Laut, den ich zitternd erhasche,
den gleichen fernen Dunst und das gleiche kalte
Fieber,
ein wachsendes inneres Gehör, eine indirekte Angst,
als nahten Räuber oder Gespenster,
und in einer Schale von fester und unergründlicher
Erstreckung ich
wie ein erniedrigter Diener, wie eine etwas heisere
Glocke,
wie ein abgeblätterter Spiegel, wie eines verlassenen
Hauses Ruch,
in das zur Nachtzeit sinnlos betrunken die Gäste treten
und wo es nach auf den Boden geworfener Wäsche
riecht
und nach einer völligen Abwesenheit von Blumen,
– anders, vielleicht auch weniger schwermütig gesagt –,
in Wahrheit aber verlangen auf einmal der Wind,
der meine Brust peitscht,
die in mein Schlafgemach gesunkenen Nächte aus
unendlicher Substanz,
der Lärm eines Tages, der in Aufopferung glüht,
mir das Prophetische ab, das voller Schwermut in mir ist.

Und da ist ein Pochen von Dingen, die rufen, ohne
Antwort zu finden,
und eine Bewegung ohne Stocken und ein verworrener
Name.

Adonische Angela

Heute hab ich mich zu einem unschuldigen
    Mädchen gelegt
wie ans Ufer eines weißen Ozeans,
wie in die Mitte eines glühenden Sterns
von ruhevoller Bahn.

Aus ihrem Blick, unendlich grünen,
wie trockenes Gewässer fiel das Licht
in transparenten tiefen Kreisen
frischer Kraft.

Ihre Brüste wie ein Feuer zweier Flammen
glühten in zwei Regionen aufgerichtet,
und in einem Doppelstrom gelangte es an ihre Füße
groß und hell.

Ein goldnes Klima ließ frühzeitig
ihres Leibes tageshelle Längen reifen,
ihn mit weit verzweigten Früchten füllend
und geheimer Glut.

Josie Bliss

Blaue Farbe erloschener Fotografien,
blaue Farbe mit Blütenblättern und Spaziergängen
    am Meer,
endgültiger Name, der in die Wochen fällt
stählernen Schlages, der sie tötet.

Welches Kleid, welcher Frühling streift vorüber,
welche Hand sucht unaufhörlich Brüste, Häupter?
Vergeblich sinkt der offenbare Rauch der Zeit,
die Jahreszeiten all vergeblich,
die Abschiede, wo niedergeht der Rauch,
die überstürzten Begebenheiten, die mit dem Degen
    warten:
auf einmal ist es
wie ein wirrer Überfall von Rothäuten,
der Horizont des Blutes schwankt, etwas ist da,
etwas erregt die Rosenstöcke, zweifellos.

Blaue Farbe von Augenlidern, die die Nacht gestreift hat,
Sterne aus verrottetem Kristall, Fetzen
Haut und schluchzende Schlinggewächse,
Farbe, die der Fluß, sich stoßend, in den Sand höhlt,
Blau, das bereitet hat die großen Tropfen.
Vielleicht lebe ich in einer Straße weiter, die die Luft zum
    Weinen bringt
mit einer bestimmten unheilvollen Klage, so,
daß alle Frauen sich in fahles Blau einkleiden:
ich bin an diesem zugeteilten Tage da,
bin wie ein Stein da, auf den ein Büffel tritt,
wie ein zweifellos vergeßner Zeuge.

Schwingenblau eines Vogels aus Vergessen,
das Meer hat sein Gefieder ganz durchnäßt,
seine verdorbene Säure, seine Woge aus bleicher Schwere
bedrängt die Dinge, aufgeschichtet in Winkeln der Seele,
und an die Türen pocht der Rauch vergeblich.

Dort sind sie, dort sind
die durch den Staub geschleiften Küsse neben einem
trostlosen Schiff,
dort sind die verschwundenen Lächeln, die Kleider, die
das Morgengraun rufend, eine Hand ausschüttelt:
es scheint, daß des Todes Rachen kein Antlitz verschlingen
mag,
keine Finger, Worte, Augen:
dort sind sie wieder so wie große Fische, die den Himmel
mit ihrem blauen Stoff, den unbeständig unbesiegbaren,
vollenden.

Walking Around

Es geschieht, daß ich müde bin, Mensch zu sein!
Ich trete in Schneiderstuben, in Kinos
schlaff, undurchdringlich wie ein Schwan aus Filz,
der auf einem Wasser von Ursprung und Asche treibt.

Der Geruch der Frisiersalons läßt mich laut schluchzen.
Ich möchte nichts weiter als eine Ruhe von Stein oder
    Wolle
ich will keine Errichtungen mehr noch Gärten sehen,
keine Waren, keine Brillen, keine Fahrstühle.

Es geschieht, daß ich überdrüssig meiner Füße, meiner
    Nägel bin,
und meines Haars und meines Schattens!
Es geschieht, daß ich müde bin, Mensch zu sein!

Dennoch wäre es köstlich,
einen Notar mit einer ausgerauften Lilie zu
    erschrecken
oder eine Nonne mit einer Ohrfeige umzubringen.
Es wäre wunderbar,
mit einem grünen Messer durch die Straßen zu laufen
und zu brüllen, bis man tot umfällt vor Kälte.

Ich mag nicht mehr Wurzel sein in der Finsternis,
schwankend, ausgestreckt, zitternd vor Schläfrigkeit,
abwärts immer, ins nasse Lehmwerk der Erde,
saugend und sinnend, essend Tag für Tag.

Ich mag so viel Unheil nicht für mich.
Mag nicht länger Wurzel sein und Grab,

verlassener Schacht, Kellergewölb mit Toten,
kältestarr, sterbend vor Leid.

Darum flammt der Montag wie Erdöl auf,
wenn er mich kommen sieht mit meinem Kerkergesicht,
und er heult in seinem Verlauf wie ein wundes Rad
und macht Schritte von heißem Blut der Nacht entgegen.

Und er treibt mich in manche Winkel, in manche feuchte
Häuser,
in Spitäler, wo die Knochen durchs Fenster rauskommen,
in manche Schusterstube, die nach Essig riecht,
in Straßen, erschreckend wie Erdrisse.

Es gibt Vögel, schwefelfarbig, und gräßliches Gedärm,
das an den Türpfosten der Häuser hängt, die ich hasse.
Es gibt Gebisse, in einer Kaffeekanne vergessen,
es gibt Spiegel,
die hätten weinen müssen vor Scham und Entsetzen,
Schirme gibt es allerorts und Gift und Nabelschnüre.

Ich schlendre umher mit Gelassenheit, mit Augen, mit
Schuhen,
mit Wut, mit Vergessen,
ich geh vorüber, quere Amtsstuben und orthopädische
Läden,
und Höfe, wo an einem Draht Wäsche hängt:
Unterhosen, Handtücher und Hemden, die langsame
schmutzige Tränen weinen.

Entprotokollierung

Die Taube ist vollgestopft mit heruntergefallenen
Zetteln,
ihre Brust von Radiergummis und Wochen befleckt,
von Löschblättern, weißer als ein Leichnam,
und Tinten, vor der eigenen Unheilsfarbe erschrocken.

Tritt mit mir ins Dunkel der Kanzleien,
in die kränkliche matte Blässe der Bürovorsteher,
in die Gänge, unergründlich wie Kalender,
ins schmerzliche Geräder der tausend Seiten.

Laß uns die Titel und Klauseln durchgehen,
die Geheimakten, die Sorgen,
die Bittgesuche mit ihren ekelerregenden
　Herbstzähnen,
die Wut aschgrauer Instanzen und trauriger Entscheide.

Es ist ein Bericht über zerschlagene Knochen,
peinliche Umstände und endlose Anzüge
und plötzlich ernst zu nehmende Strümpfe.
Es ist die tiefe Nacht, der aderlose Kopf,
aus dem der Tag fällt, unversehens,
wie aus einer vom Blitz zerspellten Flasche.

Es sind die Füße und die Uhren und die Finger
und eine Lokomotive aus sterbender Seife
und ein spröder Himmel aus nassem Metall
und ein gelber Fluß aus Gelächel.

Alles gelangt an die Fingerspitzen wie Blumen,
an die Nägel wie Blitze, auf welke Sessel,

alles gelangt in die Tinte des Todes
und in das violette Maul der Stempel.

Laßt uns den Tod der Erde beweinen und das Feuer,
die Degen, die Trauben,
die Geschlechter mit ihrer harten Wurzelherrschaft,
die Schiffe des Rausches inmitten der Schiffe
und den Duft, der nachts auf Knien tanzt
und einen Planeten durchbohrter Rosen mit sich schleift.

Im Kleid des Hundes und einen Fleck auf der Stirn
laßt uns in den Abgrund der Akten versinken,
in den Zorn der gefesselten Worte,
in hartnäckig tote Kundmachungen,
in Systeme, eingehüllt in vergilbte Papiere.

Wälzt euch mit mir in die Kanzleien, in den zweifelhaften
Ruch von Ministerien und Gräbern und Stempelmarken.
Kommt mit mir in den weißen Tag, der da stirbt
unter Schreien wie eine ermordete Braut.

Melancholie in den Familien

Ich bewahre eine blaue Flasche auf
und darin ein Ohr und ein Bildnis:
wenn die Nacht das Gefieder
der Eule treibt,
wenn der heisere Kirschbaum
die Lippen sich zerfetzt und mit Rinden
droht, die der Seewind oft durchlöchert,
weiß ich, daß es große versunkene Erstreckungen gibt,
Barren von Quarz,
Schlamm,
blaue Wasser für eine Schlacht,
viel Schweigen, viele
Flöze von Rückgang und Kampfer,
hinabgefallene Dinge, Medaillen, Zärtlichkeiten,
Fallschirme, Küsse.

Nichts ist als der Schritt eines Tages zum andern,
eine einsame Flasche, die durch die Meere wandert,
und ein Eßzimmer, wohin Rosen gelangen,
ein Eßzimmer, übriggelassen
wie eine Gräte; ich rede
von einem zersprungenen Trinkglas, von einer Gardine, von
der Tiefe
eines verödeten Zimmers, durch das ein Fluß strömt
und die Steine mit sich reißt. Es ist ein Haus,
das auf den Grundfesten des Regens steht,
ein zweistöckiges Haus mit unumgänglichen Fenstern
und Schlinggewächsen von unbedingter Treue.

Ich gehe durch die Abende, ich trete ein,
voll Schmutz und Tod,
das Erdreich mit mir schleifend und seine Wurzeln,
seinen nichtbegrenzten Bauch, in dem Leichen
beim Weizen schlafen,
Metalle, abgestürzte Elefanten.

Aber vor allem ist da ein schreckliches,
ein schrecklich verödetes Eßzimmer
mit zersprungenen Ölkrügen,
und der Essig rinnt unter den Stühlen hin,
einem zurückgehaltenen Mondstrahl,
etwas Dunklem, und ich suche
in mir nach einem Vergleich:
vielleicht ist es ein Laden, ganz von Meer umringt,
und Salzlake trieft aus zerschlissenen Tüchern.
Es ist nur ein verödetes Eßzimmer
und ringsherum sind endlos Weiten,
untergetauchte Fabrikhallen, Hölzer,
die allein ich kenne,
weil ich traurig bin und unterwegs
und die Erde kenne und ich traurig bin.

Der Süden des Ozeans

Aus aufgezehrtem Salz und gefährdetem Schlund
sind die Rosen gemacht des einsamen Ozeans,
und dennoch kreist die Flut,
und furchtbare Vögel,
und nichts als Nacht ist, begleitet
vom Tag, und der Tag, begleitet
von einer Zufluchtsstätte, einem
Spalthuf, vom Schweigen.

Und in dem Schweigen anwächst der Wind
mit seinem einzigen Blatt und seiner gepeitschten Blüte,
und der Sand, der nur Tasten ist und Schweigen,
nichts ist da, ein Schatten ist,
eines flüchtigen Pferdes Spur,
nichts ist da als eine in die Zeit eingegangene Woge,
denn alle die Wasser führen zu den eisigen Augen
der Zeit, die in der Tiefe des Meeres blickt.

Ihre Augen sind bereits gestorben an totem Wasser und
Tauben
und sind zwei Höhlen von bitterer Breite,
durch die die Fische ziehn mit blutigen Zähnen
und die Wale auf der Suche nach Smaragden
und Skelette bleicher Kavaliere, abgezehrt
von den weichen Medusen, und dann noch
einige Gruppen giftiger Myrten,
vereinzelte Hände, Pfeile,
Revolver aus Schuppe,
ununterbrochen treiben sie durch ihre Schläfen
und verschlingen ihre Augen aus entblößtem Salz.
Wenn der Mond seine Schiffbrüche hergibt,

seine Särge, seine mit männlichen
Mohnblüten bedeckten Toten,
wenn in den Sack des Mondes
die im Meer begrabenen Kleider fallen
mit ihren dauernden Leiden, ihren ausgerauften Bärten,
ihren Köpfen, die die Flut verlangte und der Stolz für
    allezeit,
hört man in der Erstreckung zum Grund des Meeres
Knie hinuntersinken, die herbeigeschleppt der Mond
in seinem Sack aus Stein, abgenutzt von den Tränen
und von den Bissen unheilvoller Fische.

Wahrhaftig, es ist der Mond, der da niedersteigt
mit grausigem Schwammerschüttern, es ist trotz allem
der Mond, hin und her schwankend zwischen den
    Schlupfwinkeln der Tiere,
der Mond, zernagt von den Schreien des Wassers,
die Bäuche des Monds, seine Schuppen
aus abgeplatztem Stahl: und von nun an
sinkt er hinab ans Ende des Weltmeers,
blau und blau, durchdrungen von Bläuen,
blinden Bläuen aus blinder Materie,
und er schleift seine verdorbene Last hinter sich her,
Taucher, Hölzer, Finger,
ein Fischerweib des Blutes, das vergossen wurde
durch große Katastrophen auf des Meeres Gipfeln.

Aber ich spreche von einem Ufer, dort, wo das Meer
    peitscht
in Raserei und die Wogen die Mauern aus Asche
berennen. Was ist das? Ist es ein Schatten?
Das ist kein Schatten, es ist der Sand des traurigen
    Landes,

es ist ein System von Algen, Schwingen gibt es, einen
Schnabelhieb
in die Brust des Himmels gibts,
o Fläche, verwundet von den Wogen,
o Ursprung des Meeres,
so der Regen deine Geheimnisse hütet, so der nie endende
Wind
die Vögel tötet, so nur noch Himmel ist,
will ich einzig deine Küsten zernagen und sterben,
will ich einzig auf den Mund der Steine blicken,
aus dem die Geheimnisse hervorgehn voll von Schaum.

Ist ein einsamer Erdstrich, ich habe
von diesem so öden Erdstrich schon gesprochen,
wo die Erde erfüllt ist ganz von Ozean,
und niemand ist da als ein paar Pferdespuren,
und niemand ist da als der Wind, niemand ist da
als der Regen, der niedergeht auf die Wasser des Meeres,
niemand als der Regen, der anschwillt über dem Meer.

Hochzeitliche Materie

Aufrecht wie ein Kirschbaum ohne Rinde, ohne Blüte,
außergewöhnlich, entflammt, mit Adern und Speichel
und Fingern und Hoden,
blicke ich auf ein Mädchen aus Papier und Mond,
flach hingestreckt, zitternd und atmend und weiß,
und auf die Spitzen der Brüste wie zwei voneinander
    getrennte Ziffern
und die rosenfarbene Vereinigung ihrer Schenkel, wo
ihre Scham mit nächtlichen Wimpern schlägt.

Bleich und uferlos
spüre ich Worte untergehen in meinem Mund,
Worte wie ertrunkene Kinder,
und Fahrtstrich und Fahrtstrich und Zähne lassen Schiffe
    anwachsen
und Wasser und Himmelsstrich wie Vergluten.

Ich werde sie wie ein Schwert hinlegen, wie einen Spiegel,
ich werde bis in den Tod ihre furchtsamen Schenkel
    spreiten,
und ihre Ohren und ihre Adern beißen,
ich werde sie zurücksinken lassen mit geschlossenen Augen
in einen dichten Fluß grünen Samens.

Ich werde sie mit Mohnblüten überschwemmen und
    Blitzen,
mit Knien sie umhüllen, mit Lippen, mit Nadeln,
ich werde weinend in sie dringen Stück für Stück der
    Epidermis,
mit frevelhaftem Druck und durchtränkten Haaren.

Ich werde sie jagen, daß sie durch Nägel und Seufzer flieht,
dem Niemals zu, dem Nichts zu,
daß sie aufklimmt am weichen Mark und Oxygen,
an Erinnerungen und Beweggründe sich klammert
wie eine einzelne Hand, wie ein abgetrennter Finger,
der einen Nagel aus hilflosem Salz regt.

Sie soll im Schlaf über Wege aus Haut laufen
in ein Land aus aschgrauem Gummi und Asche,
mit Messern und Laken und Ameisen kämpfend
und mit Augen, die in sie sinken wie Tote,
und mit Tropfen einer schweren Materie, die hingleiten
wie blinde Fische oder Kugeln aus schwerem Wasser.

Lobpreis des Sellerie

Vom reinen Zentrum, das nie Geräusche
durchdrangen, vom unversehrten Wachs
gehen Blitze aus, hell und linear,
Tauben mit Spiralenschicksal,
abendlichen Straßen mit Schatten-
und Fischgeruch entgegen.

Es sind des Sellerie Adern! Es sind der Schaum, das Lachen,
des Sellerie Hüte!
Es sind des Sellerie Zeichen, sein Leuchtkäfer-
geschmack, seine Erdkarten
von überschwemmter Farbe,
und es fällt sein Haupt eines grünen Engels
und seine feinen Locken sind voll Angst,
und auf die Märkte des versehrten Morgens kommen
des Sellerie Füße unter Schluchzen,
es schließen sich, wenn er vorbeikommt, die Türen,
und die sanften Pferde sinken auf die Knie.

Seine abgeschnittnen Füße gehen weg, seine grünen
Augen
verstreuen sich, in ihnen für immer sind
die Geheimnisse versunken und die Tropfen:
des Meeres Schächte, aus denen aufwärtssteigen
die Treppen, die der Sellerie berät,
die unglückseligen ertrunknen Schatten,
die Entschlüsse in des Luftraums Mitte,
die Küsse in der Tiefe der Steine.

Um Mitternacht pocht jemand
mit nassen Händen an meine Tür im Nebel

und ich höre des Sellerie Stimme, tiefe Stimme,
rauhe Stimme gefangenen Windes,
er klagt, von Wassern versehrt und Wurzeln,
und versenkt in mein Bett seine bitteren Strahlen,
und seine regellose Schere bohrt in meine Brust
auf der Suche nach dem Mund meines ertrunkenen
Herzens.

Was willst du, Gast mit zerbrechlichem Schnürleib,
in meinen Zimmern voller Trauer?
Welch zerstörte Sphäre ist rings um dich?

Fibern aus Finsternis und weinendem Licht,
blinde Säume, krause Energien,
Strom von Leben und wesenhaften Fasern,
grüne Triebe aus geliebter Sonne,
hier bin ich, in der Nacht, Geheimnissen lauschend,
Schlaflosigkeiten, Einsamkeiten,
und ihr drängt mitten im gesunkenen Nebel herein,
bis ihr aufwachst in mir, bis ihr mich teilhaftig macht
des dunklen Lichts und der Rose dieser Erde.

Die Uhr, die im Meer versank

Hier ist so viel so düsteres Licht im Raum,
und so viele plötzlich gelbe Erstreckungen,
weil kein Wind hinabsinkt,
keine Blätter atmen.

Ein im Meer gefangener Sonntag ist das,
ein Tag wie ein gesunkenes Schiff,
ein Tropfen Zeit, angefallen von Schuppen,
die grausam mit durchscheinender Nässe bedeckt sind.

Hier sind Monate ernstlich angehäuft in einem Gewand,
das, mit geschlossenen Augen weinend, wir zu riechen
    begehren,
und Jahre sind in einem einzigen blinden Zeichen
des lagernden grünen Wassers:
hier ist die Zeit, die weder Finger einfingen noch das Licht,
viel kostbarer als ein zerbrochner Fächer,
viel stummer als ein ausgegrabener Fuß,
hier ist die Brautzeit der aufgelösten Tage
in einer traurigen Gruft, von Fischen durchschwommen.

Unermeßlich sinken die Blütenblätter hinab der Zeit
wie flüchtige Schirme, die dem Himmel gleichen,
fast ist es, ringsum anschwellend,
eine nie gesehene Glocke,
eine überflutete Rose, eine Meduse, ein langer
zerbrochener Herzschlag:
aber das ist es nicht, es ist etwas, das unmerklich betastet
    und sich verbraucht,
eine vage Spur ohne Klang, ohne Vögel,
ein Verhauchen von Düften und Rassen.

Die Uhr, die auf dem Land sich ins Moos gelegt,
und mit ihrer elektrischen Form an eine Hüfte gepocht,
nun geht sie, ausgeleiert und verletzt, unter dem furchtbaren
Wasser,
das da wogt, von innersten Strömungen zuckend.

Der Tango des Witwers

O Boshafte, nun wirst du den Brief gefunden haben,
nun wirst du schon geheult haben vor Wut
und wirst die Erinnerung an meine Mutter besudelt haben,
sie eine verkommene Hündin nennend und Mutter von
Hunden,
nun wirst du, verlassen, mutterseelenallein, den Tee der
Dämmerung bereits getrunken haben,
den Blick auf meine alten, nun immer leeren Schuhe,
und wirst dich schon nicht mehr meiner Krankheiten
erinnern können, meiner nächtlichen Träume, meiner
Mahlzeiten,
ohne mich mit lauter Stimme zu beschimpfen, als wäre ich
noch da
und beklagte mich über die Tropen, die Corringhi-Kulis,
die giftigen Fieber, die mich so zugerichtet haben,
und über die schrecklichen Engländer, die ich noch immer
hasse.

Boshafte, in Wahrheit aber, wie groß ist die Nacht, wie allein
die Erde!
Ich bin wieder in öde Schlafzimmer geraten,
kalt zu frühstücken in Restaurants,
und wieder werfe ich Hemd und Hosen auf den Boden,
es gibt keine Kleiderhaken in meinem Zimmer, kein Bildnis
von irgendwem an den Wänden.
Wieviel von dem Schatten, der in meiner Seele ist, gäbe ich
her, um dich wieder zu haben,
und wie bedrohlich scheinen mir die Namen der Monate,
und das Wort Winter, welch düsteren Trommelklang hat es.

Später wirst du neben der Kokospalme das Messer
vergraben finden,
das ich dort verbarg, aus Angst, du könntest mich
umbringen,
und nun möchte ich auf einmal seinen Küchenstahl
riechen,
der ans Gewicht deiner Hand gewohnt war und an
den Schimmer deines Fußes:
in der Nässe der Erde, zwischen den fühllosen
Wurzeln
kann das arme Ding von allen menschlichen Sprachen
einzig deinen Namen wissen,
und das schwere Erdreich begreift deinen Namen nicht,
erschaffen aus göttlichen Substanzen, unergründlichen.

So wie es mich traurig macht, am hellen Tag an deine
Schenkel zu denken,
die wie gestautes hartes Sonnenwasser angeschmiegt,
und der Schwalbe, die in deinen Augen schwebend und
schlummernd lebt,
und des tollwütigen Hundes, den du in deinem Herzen
birgst,
so auch seh ich all die Tode, die von dieser Stunde an
zwischen uns liegen,
und ich atme in der Luft die Asche und das Zerstörte,
den ungeheuren einsamen Raum, der mich umgibt für
immer.

Ich gäbe gern das Wehen dieses gewaltigen Meeres her
für deinen hastigen Atem,
in langen Nächten vernommen, frei von Vergessen,
der sich der Luft verhaftet wie die Peitsche dem Fell des
Pferdes.

Und um dich harnen zu hören in der Dunkelheit hinten im
Haus,
als würde ein dünner zitternder hartschlägiger silberner
Honig verschüttet,
wieviel Mal würde ich diesen Schattenchor hergeben, der
mir angehört,
und das Klirren nutzloser Degen, das man in meiner Seele
vernimmt,
und die Taube aus Blut, die einsam in meiner Stirne lebt,
nach entschwundenen Dingen rufend, entschwundenen
Wesen,
Substanzen, seltsam untrennbaren und verlorenen.

Der Verlassene

Fragte nicht nach dir irgendein Tag, hervorgegangen
aus den Zähnen des Morgengrauns, aus dem Todesröcheln
geboren,
suchte nicht deinen Panzer, deine Haut, deine Haltung,
um deine Füße zu waschen, dein Wohl, deine Gewandtheit,
ein Tag bezeichneter Trauben?

Kam nicht für dich allein Mann oder Frau,
für dich allein zur Welt, für dich die Glocke
mit ihrem großen Kreisen eines blauen Frühlings:
das Weithallende der Schreie der Welt, die Entwicklung
der kalten Keime, die in der Erde zittern, das Schweigen
des Schiffs in der Nacht, alles was voller Augenlider lebte,
zu sterben und zu verrinnen?
Ich frage dich:
keinen, dich, das, was du bist, deine Wand, den Wind,
ob im Wasser des Flusses du siehst, wie dir entgegentreibt
eine edelmütige Rose aus Gesang und Transparenz,
oder ob im zügellosen Frühling, angegriffen
vom ersten Beben der menschlichen Saiten,
wenn das Stadtviertel singt im Licht des Mondes,
das des wilden Kirschbaums Schatten überflutet,
du nicht die Gitarre sahst, die für dich bestimmt war,
und die blinde Hüfte, die dich küssen wollte?

Ich weiß nicht, ich leide nur, weil ich nicht weiß, wer du
bist,
und die Silbe bewahrte durch deinen Mund,
die höchsten Tage anhalte und sie begrabe
im Wald unter den Blättern rauh und naß,
zuweilen, in Sicherheit unter dem Zyklon, geschüttelt

von den erschrockensten Bäumen, von der Brust
durchbohrt der tiefen Erden, bin ich erstarrt
von den letzten Nägeln des Sturmes,
während ich jenseits der menschlichen Augen,
jenseits der Krallen des Tigers umgrabe, was in meine Arme
 gerät,
daß es verteilt werde jenseits der eisigen Tage.

Dich suche ich, ich suche dein Bildnis zwischen den
 Medaillen,
die der graue Himmel formt und dann verläßt,
ich weiß nicht, wer du bist, doch schulde ich dir so viel,
daß die Erde voll meines bitteren Schatzes ist.
Welches Salz, welche Geographie, welcher Stein, pflanzt
 nicht
die heimliche Standarte dessen auf, was er hütete?
Welches Blatt beim Fallen war nicht für mich ein langes
 Buch
von Wörtern, von irgendwem gesandt und geliebt?
Unter welch düsterem Möbel verbarg ich nicht die süßesten
begrabenen Seufzer, die nach Zeichen suchten
und Silben, die keinem angehörten?

Du bist, bist vielleicht, der Mann oder die Frau
oder die Zärtlichkeit, die nichts enträtselte.
Oder vielleicht bedrängtest du nicht das düstere Firmament
der Menschenwesen, den zuckenden Stern, vielleicht
wußtest du beim Gehen nicht, daß der blinden Erde
der glühende Tag aus Schritten, die dich suchen, entströmt.
Aber wir werden uns finden unbewehrt, bedrängt
zwischen den stummen Gaben der Erdfinale.

Erklärung einiger Dinge

Du wirst fragen: Und wo ist der Flieder?
Und die Metaphysik von Mohn zugedeckt?
Und der Regen, der oft die Trommel
seiner Worte schlägt und sie füllt
mit Leere und Vögeln?
Ich will dir jetzt alles sagen, was mir geschieht.

Ich pflegte in einem Viertel
von Madrid zu leben mit Glocken,
mit Uhren, mit Bäumen.

Von da konnte man
das trockene Antlitz Kastiliens sehen
wie einen Ozean aus Leder.
Man nannte mein Haus
das Haus der Blumen, denn überall
brachen Geranien hervor: es war
ein schönes Haus
mit Hunden und kleinen Kindern.
Raúl, entsinnst du dich?
Erinnerst du dich, Rafael?
Federico, erinnerst du dich
dort unter dem Rasen,
entsinnst du dich meines Hauses der Balkone, wo
das Junilicht Blumen in deinem Mund ertränkte?
Bruder, Bruder!

Alles
war laute Stimmen, Salz von Warenlagern,
Anhäufung herzschlagenden Brotes,
Märkte meines Argüelles-Viertels mit seiner Statue

wie ein fahles Tintenfaß zwischen Stockfischen:
das Öl erreichte die Löffel,
dunkles Getöse
von Füßen und Händen erfüllte die Straßen,
Maße, Liter, scharfe Essenz
des Lebens,
                    gestapelter Fisch,
Geweb von Dächern mit kalter Sonne, in der
der Pfeil ermüdet,
wahnsinniges zartes Elfenbein von Kartoffeln,
Tomaten immer wieder bis hinab zur See.

Und eines Morgens brachen Flammen aus allem,
und eines Morgens stiegen lodernde Feuer
aus der Erde,
verschlangen Leben,
und seither Feuer,
Pulver seither,
und seither Blut.

Banditen mit Flugzeugen und Marokkanern,
Banditen mit Ringen und Herzoginnen,
Banditen mit segnenden schwarzen Mönchen
kamen vom Himmel, um Kinder zu töten,
und durch die Straßen das Blut der Kinder
floß einfach, wie das Blut von Kindern.

Schakale, widerwärtig für einen Schakal,
Steine, auf die die trockene Distel gespien hätte,
Vipern, die Vipern verachten würden!

Vor euch habe ich das Blut
Spaniens aufwallen gesehn,

euch zu ersäufen in einer einzigen Woge
von Stolz und Messern!

Generäle
Verräter:
seht mein totes Haus,
seht mein zerbrochenes Spanien:
doch aus jedem toten Haus schießt brennendes Metall
anstelle von Blumen,
aus jedem Loch in Spanien
springt Spanien empor,
aus jedem ermordeten Kind wächst ein Gewehr mit Augen,
aus jedem Verbrechen werden Kugeln geboren,
die eines Tages den Sitz
eines Herzens finden werden.

Ihr fragt, warum seine Dichtung
uns nichts von der Erde erzählt, von den Blättern,
den großen Vulkanen seines Heimatlandes?

Kommt, seht das Blut in den Straßen,
kommt, seht
das Blut in den Straßen,
kommt, seht doch das Blut
in den Straßen!

Gesang auf die Rote Armee bei ihrer Ankunft an den Toren Preußens

Dies ist der Gesang zwischen Nacht und Tagesanbruch, dies
ist der Gesang,
der aus dem letzten Röcheln kommt wie aus dem
geschlagenen Fell
einer blutigen Trommel,
der aus den ersten Freuden sproß, ähnlich dem blühenden
Zweig im Schnee und dem Sonnenstrahl auf dem
blühenden Zweig.

Dies sind die Worte, die, das mit dem Tod rang, ergriffen
und die Silbe um Silbe wie schmutzige Wäsche die Tränen
auswrangen,
bis des Schluchzens letzte bittere Nässe trocken war,
und aus dem Weinen all das gehärtete Haargeflecht wurde,
die Saite, der feste Faden, daß er das Frührot halte.

Brüder, wir können heut sagen: die Frühe bricht an,
schon können wir mit der Faust auf den Tisch schlagen,
der gestern noch unsere Stirn voller Tränen stützte.
Schon können wir den kristallhellen Turm erblicken
unserer mächtigen verschneiten Cordillere,
denn in dem hohen Stolz ihrer Schwingen aus Schnee
glänzt der strenge Glanz eines Schnees, der fern,
wo verscharrt des Eindringlings Krallen.

Die Rote Armee an den Toren Preußens. Hört es, hört es!
Verschattete, Gedemütigte, strahlende Helden mit
abgefallener Krone,
hört, ihr vernichteten verwüsteten niedergerissenen
Dörfer,

hört, Gefolterte, Gehenkte, hört es, tote Guerilleros,
starr unter dem Rauhreif mit Händen, die noch immer das
Gewehr umklammern,
hört, ihr Mädchen, zerlumpte Kinder, hört, heilige Aschen
von Puschkin und Tolstoi, von Peter und Suworow,
hört in dieser Mittagshöhe den Schall,
der wie ein Donner an die Tore Preußens schlägt.

Die Rote Armee an den Toren Preußens. Wo sind
die tollwütigen Mörder, Totengruftgräber,
wo sind sie, die an die Tanne die Mütter aufhängten,
wo sind die Tiger mit Vernichtungsruch?
Sie sind zitternd hinter den Mauern des eigenen Hauses
und erwarten den Blitzstrahl der Strafe, und wenn all die
Mauern fallen,
sie werden kommen sehn die Tanne und die Jungfrau, den
Guerillero und das Kind,
sie werden die Toten kommen sehn und die Lebenden, sie
zu richten.

Hört, Tschecho-Slowaken, bereitet die härtesten
Zwingen vor und die Galgen und die Aschen Lidices,
auf daß sie geschluckt werden morgen vom Henker,
hört, ungeduldige Arbeiter Frankreichs, bereitet vor eure
unsterblichen Ströme,
auf daß in ihnen die ertränkten Eindringlinge treiben.
Bereitet vor die Vergeltung, Spanier, hinter der Sierra,
und an der Küste des glühenden Südens
reinigt den kleinen rostbefallenen Karabiner, denn
gekommen ist der Tag.

Das ist der Gesang des Tages, der anbricht, und der Nacht,
die endet.

Hört es gut, und aus dem gehärteten Leid gehe die sichere
Stimme hervor,
die nicht verzeiht, und nicht zittern soll der Arm, der straft.
Bevor ihr anhebt die Gesänge des menschlichen Erbarmens,
habt ihr noch Zeit, die vom Martyrium durchtränkten
Erden zu sehen.
Hißt morgen nicht die Fahne der Verzeihung
über den verruchten Söhnen des Wolfs und den Brüdern
der Schlange,
über denen, die bis zur letzten Messerschneide gelangten
und die Rose niederwalzten.

Dies ist des Frühlings Gesang, verborgen
unter Rußlands Erde, unter den Erstreckungen
der Taiga und des Schnees, dies ist das Wort,
das von der begrabenen Wurzel aufsteigt bis in die Kehle.
Von der Wurzel, die so viel Qual bedeckt, vom Stamm,
den der bitterste Winter der Erde zerbrach, der Winter
des Bluts auf Erden.

Die Dinge aber gehn vorüber, und aus der Tiefe
der Erde wandelt der neue Frühling.
Seht die Kanonen, wie sie am Zugang Preußens blühen.
Seht die Mitrailleusen und Tanks, die
in dieser Stunde landen in Marseille.

Hört, wie das rauhe Herz Jugoslawiens
in der leergebluteten Brust Europas wieder schlägt.
Hierher, nach Mexiko und Chile, blicken die spanischen
Augen,
weil sie die Rückkehr erwarten ihrer umherirrenden
Brüder.

Etwas geht vor in der Welt, wie ein Hauch, den zuvor wir
in den Wogen des Pulverdampfs nicht verspürten.

Dies ist der Gesang, von dem, was geschieht, und dem, was
sein wird.
Dies ist der Gesang des Regens, der fiel auf das Feld,
wie eine gewaltige Träne aus Blut und Blei.
Heute, da die Rote Armee an die Tore Preußens schlägt,
habe ich singen wollen für euch, für die ganze Erde,
diesen Gesang aus dunklen Worten,
auf daß wir würdig des Lichts, das da kommt.

Worte an Europa

Ich, Amerikaner der kargen Erdstriche,
der metallischen Hochplateaus,
wo des Menschen Schlag gegen den Menschen
sich dem der Erde gegen den Menschen gesellt.
Ich, unstet irrender Amerikaner,
Waisenkind der Ströme und der
Vulkane, die mich zeugten,
sage euch, ihr schlichten Europäer
der krummen Gäßchen,
des Friedens bescheidene Eigner und des Öls,
ihr Weisen, friedlich wie der Rauch,
ich sage euch: ich bin hierher gekommen,
zu lernen von euch,
von diesem und jenem, von allen,
denn wozu diente mir
die Erde, wozu entstanden
das Meer und die Wege,
wenn nicht, um schauend einherzugehn und zu lernen
von allen Wesen ein wenig.
Versperrt mir nicht die Tür
(gleich den düsteren Toren meines mütterlichen
Spaniens, den blutbespritzten).
Weist nicht die feindliche Sense mir,
nicht die Panzerschwadron,
noch an den weiten Wegen, verwischt
von der Trauben Glanz,
den uralten Galgen für den jungen Athener.
Ich will keinen toten Soldaten sehn
mit zerfressenen Augen.
Weist mir von Land zu Land
des Lebens unendlichen Faden,

der das Kleid des Frühlings wirkt.
Zeigt mir eine Maschine, makellos
aus blauem Stahl unter dem schweren Öl,
bereit, vorzurollen in die Weizenfelder.
Zeigt mir voller Wurzeln das Gesicht
Leonardos, denn dieses Antlitz
ist eure Geographie,
und in den Bergeshöhen,
so häufig beschrieben und gemalt,
eure vereinten Fahnen,
die empfangen
den elektrisierten Wind.
Bringt Wasser der fruchtbaren Wolga
zum Wasser des goldenen Arno.
Tragt weiße Samen
der Auferstehung Polens herbei,
und von euren Weinbergen bringet
das süße und rote Feuer
zum Norden des Schnees!
Ich, Amerikaner, Sohn
der unermeßlichsten Einsamkeiten des Menschen,
kam, um von euch das Leben zu lernen
und nicht den Tod, und nicht den Tod!
Ich querte den Ozean nicht,
noch die tödlichen Cordilleren,
oder die wüste Pestilenz
der Verliese Paraguays,
um bei den Myrten zu sehen,
die einzig ich kannte
aus den geliebten Büchern,
eure Schädelhöhlen augenlos und euer getrocknetes Blut
auf den Wegen.
Zum uralten Honig bin ich und zum neuen

Glanz des Lebens gekommen.
Zu eurem Frieden und euren Türen,
zu euren angezündeten Lampen,
zu euren Hochzeiten bin ich gekommen.
Zu euren festlichen Bibliotheken
kam ich von weit.
Zu euren funkelnden Fabriken
kam ich, zu arbeiten eine Weile
und unter den Werktätigen zu essen.
In euren Häusern geh ich ein und aus.
In Venedig, in Ungarn, dem schönen,
in Kopenhagen werdet ihr mich sehn,
in Leningrad mich unterhalten
mit dem jungen Puschkin, in Prag
mit Fučik, mit allen Toten
und den Lebenden all, mit allen
jungen Metallen des Nordens
und den Nelken Salernos.
Ich bin der Zeuge, der kommt,
eure Wohnstatt in Augenschein zu nehmen.
Reicht mir den Frieden und den Wein.

Morgen zu früher Stunde gehe ich von euch.

Mich erwartet der Frühling
überall.

Der Morgen in Berlin

Ich erwachte. Es war Berlin. Durch das Fenster
sah ich das herausgebrochene Herz,
die irre Gräberstätte,
die Asche,
die bedrückendsten Ruinen
mit Blumenwerk und grausam
verstümmelten Friesen,
aus einer schwarzen Kinnlade gerissen: Balkone,
Mauern, die schon versanken, die nie mehr
ihre Fenster finden, ihre Türen,
ihre Männer, ihre Frauen,
und in angehäuften Schuttes
Mitte einen Berg,
Leid und Stolz, dem Mehlstaub
des Endes untermengt in des Todes
Mühle.

O Zitadelle, o Blut,
umsonst vertan,
vielleicht ist dieses aber, ist das
dein erster Sieg,
wo inmitten schwarzer Trümmer doch
der Friede, den du erkanntest,
die Aschen kehrt und deine feste Stadt
errichtet allen Menschen
und aus dem Trümmerfeld
nicht Tote befreit,
sondern den alltäglichen Menschen,
den neuen Menschen,
ihn, der die Bauten errichten wird
der Liebe, den Frieden und das Leben.

Mineralien

Urmutter der Metalle, dich verbrannten sie,
zerbissen dich, marterten dich,
dich zernagten sie, verdarben dich
in spätern Tagen, da die Götterbilder
dich nicht mehr schützen konnten.
Lianen, die ihr zum Scheitel aufrankt
der Urwaldnacht, Mahagonibäume,
das Innerste der Pfeile bildend,
Eisen, angehäuft im blühnden Speicher,
himmelstürmende Kralle der Adler,
anführende, meiner Heimat,
unbekannte Gewässer, urböse Sonne,
Woge grausamen Gischts,
lauernder Hai, Zackengehörn
der antarktischen Cordilleren,
Schlangengöttin, federumhüllte,
dünn geworden von blauem Gift,
Fieberseuchen der Ahnen, übertragen
durch Wanderzüge von Vogelschwingen und Ameisen,
tückische Moräste, Schmetterlinge
mit scharfem Wespenstachel, Hölzer
fast dem Erze gleich,
warum verteidigte der Chor
der Feindseligen nicht den Schatz?

Daß mit Blut sie
deine Wimpern färbten,
Urmutter der dunklen Steine!
Aus seinen Lagerungen, dem larvenhaften Glanz
ward der Türkis
eben erst ans Licht gebracht für das Geschmeid

der priesterlichen Sonne, das Kupfer schlief
in seinen schweflichten Lagern,
und in die Tiefe unseres Gestirns drang,
Schicht um Schicht, das Antimon hinab.
Die Steinkohle glänzte, wie des Schnees
vollkommenes Widerspiel, in schwarzem Schimmer,
schwarzes Eis, eingekapselt im heimlichen
Gewitter, unbewegten, unsrer Erde,
als ein gelbes Vogelblitzen
des Schwefels Ströme begrub
am Fuß der eisgen Cordilleren.
Das Vanadium, um in des Goldes Kammer
einzudringen, hüllte sich in Regen,
Messer schliff der Tungstein,
und das Wismut
heilkräftige Haarfluten flocht.

Noch flogen die verirrten
Leuchtkäfer in der Höhe,
Phosphortropfen in die Furche
der Klüfte sprühend
und auf die eisenhaltigen Gipfel.
Weinberge des Meteors sind sie,
des Saphirs unterirdische Gewölbe.
Der kleine Soldat auf der Hochebene
schläft im Gewand aus Zinn.

Das Kupfer gründet seine Verbrechen
in unbegrabenen Finsternissen, voll
mit grüner Materie;
im angewachsenen Schweigen
die verheerenden Kriegermumien schlafen.

Mit Chibcha-Sanftheit gelangt
das Gold aus den düsteren
Bethäusern langsam zu den Kriegern,
es verwandelt sich in rote Blütenfäden,
in blattdünn gehämmerte Herzen,
in irdisches Phosphorglänzen,
in Gebisse märchenhaft.
Damals schlief ich den Schlaf
eines Samenkorns, einer Larve,
und die Stufen von Querétaro
stieg ich hinab mit dir.
                                        Mich erwartete
das Edelgestein mit diffusem Mondesschimmer,
das Fischerkleinod des Opals,
in einer Kirche der leblose Baum,
erstarrt zu Eis von Amethysten.

Wie konntest du, schriftunkundiges Columbien,
denn wissen, daß deine bloßgelegten Steine
einen Sturm grimmen Goldes
heimlich in sich bargen,
wie, Heimat
des Smaragds, konntest du vorhersehn,
daß dieses Geschmeid aus Tod und Meer,
der Schimmer in seinem Erschauern
die Brust erklimmen würde
der eingedrungenen Gewalthaber?

Du warst höchster Begriff vom Stein,
Rose, herangebildet durch das Salz,
verderbenbringende Träne, erdverhüllt,
Sirene mit schlummernden Adern,
Belladonna, schwarze Schlange.

(Während die Palme ihre Säule in hohen
Schmuckkämmen in die Lüfte spreizte,
löste das Salz
von den Bergen den Glanz,
verwandelte auf den Blättern
die Regentropfen in Quarzgestein
und die Andentannen
in weite Avenuen aus Kohle.)

Ich eilte durch die Zyklone in die Gefahr,
stieg hinab zum Leuchten des Smaragds,
klomm zur Rebenranke der Rubine empor,
doch vor der Bildsäule des Salpeters,
hingestreckt in der Wüste, ich verstummte für immer.
Ich sah, wie auf der Asche
des knöchernen Hochplateaus das Zinn
sein giftiges Korallengezweig
in die Höhe streckte,
bis es wie ein Urwalddickicht
den Nebel der Äquinoktien ausbreitete, bis es
das Gepräge bedeckte unserer Getreidemonarchien.

Von Himmelsstrich wandernd zu
Himmelsstrich,
kam ich, einem leeren Netze gleich, in die Straßen und die
Hülle
der Luft und gab bei des Herbstes Ankunft der ausgestreuten
Münze
der Blätter und, inmitten des Frühlings und der Ähren,
dem das Geleit, was die höchste Liebe
wie im Innern eines abgestreiften Handschuhs uns darbringt
wie einen reifen Mond.

(Tage lebendigen Glanzes in der Unbeständigkeit
der Körper: Waffenschärfe, verwandelt
zum Schweigen der Bitterkeit:
Nächte, ausgefasert bis zum letzten Staub Mehl:
angefallene Blütenfäden des bräutlichen Vaterlands.)

Jemand, der zwischen Violinen mich erwartete,
fand eine Welt wie einen begrabenen Turm,
der seine Spirale tief unter alle Blätter
von greller Schwefelfarbe senkte:
tiefer, hinein in das Gold der Geologie;
gleich einem von Meteoren umhüllten Schwert
tauchte ich die ungestüme und sanfte Hand
in des Irdischen stärkste Zeugungskraft.

Ich senkte in die Wogentiefe das Antlitz,
glitt inmitten schweflichten Friedens tropfengleich nieder,
und, ein Geblendeter, kehrte ich zurück zum Jasmin
des verbrauchten menschlichen Frühlings.

Mensch und Erde verbünden sich

Araukanien, stürmischer Steineichen
Zweig,
o unbarmherziges Vaterland, dunkle Geliebte,
Einsame in deinem regenreichen Land:
du warst nichts als erzene Kehlen,
Hände aus Kälte, Fäuste,
Fels zu brechen gewohnt;
Vaterland, der Friede der Härte warst du,
und deine Menschen, sie waren Aufruhr,
rauhe Erscheinung, unbändiger Wind.

Meine araukanischen Väter besaßen keine
Helmbüsche aus leuchtenden Federn,
sie ruhten nicht auf bräutlichen Blumen aus,
noch sponnen sie Gold für den Priester:
Stein waren sie, Baum und Wurzeln
der sturmgeschüttelten Felsenöden,
Blätter in Lanzengestalt,
Häupter aus kriegerischem Metall.

Urahnen, ihr horchtet kaum
auf beim Galopp, und schon
an der Kuppe der Berge kreuzte
Araukaniens Blitz.
In Schatten verwandelten sich die Ahnen aus Stein,
verschmolzen dem Walde, den Finsternissen
der Natur, wurden Firnenlicht,
Schärfe von Erd und Dorn;
so warteten sie in den Tiefen
der unbezähmbaren Ödnis:
einer war ein glutroter Baum, der Ausschau hielt,

ein anderer ein Splitter Metall, der lauschte,
ein anderer ein Windstoß und durchbohrender Ton,
ein anderer hatte des Saumpfades Farbe.
Vaterland, Segler aus Schnee,
gehärtetes Laubgewirr:
hier wurdest du geboren, als dein Mensch
sein Fahnenzeichen von der Erde erheischte,
als Erde, Luft und Stein und Regen,
Laub, Wurzel, Duft, Geheul
den Sohn wie ein Poncho einhüllten,
ihn innig liebten und beschützten.
Also erstand das einmütige Vaterland:
vor dem Kampf die Einheit.

Da sie vorrücken auf chilenischer Erde

Spanien drang vor bis zum Süden der Welt.
Sich niederbeugend,
durchforschten hochwüchsige Spanier den Schnee.
Bío Bío, der hoheitsvolle Fluß,
sprach zu Spanien: »Halte ein«,
der Maitenenwald, dessen grüne
Fäden niederhängen wie Regenschauer,
sprach zu Spanien: »Geh nicht weiter.« Die Lärche,
Titan der schweigsamen Grenzen,
sprach ihr Wort mit Donnerlaut.
Doch bis ins Innerste meines Landes
gelangten der Eindringling, Faust und Dolch.
Zum Strome Imperial, an dessen Ufer
mein Herz im Klee erwachte,
trat ins Morgenlicht der Orkan.
Übervoll wie ein unendliches Gefäß
zwischen Ufern aus düstrem Kristall
reichte von den Inseln bis ans wütende
offene Meer das breite Flußbett der Reiher.
An seinen Gestaden breitete der Pollen
einen Teppich aus ungestümen Blütenfäden,
und, vom Meere kommend, erregte der Wind
alle Silben des Frühlings.
Der riesenhafte Avellano Araukaniens
hißte Freudenfeuer und Traubengehänge
bis dorthin, wo über die angehäufte Reinheit
der Regen glitt.
Alles war von Wohlgerüchen durchwirkt,
von grünem regensattem Licht durchtränkt,
und jeder bitterduftende Busch
war ein großes Gezweig des Winters

oder ein verirrtes Meergebilde
noch voller ozeanischem Tau.

Türme von Vögeln und Federn
und ein Wirbel helltönender Einsamkeit
erhoben sich aus den Schluchten,
während in der feuchten Geborgenheit
zwischen den krausen Mähnen
der Riesenfarne die erblühte Topa-Topa-Blume
ein Rosenkranz von gelben Küssen war.

Kommen wird der Tag

Befreier, in diesem Dämmern Amerikas,
in des Morgens entvölkerter Dunkelheit
euch übergebe ich die unendliche Liste
meiner Völker, die tiefe Freude
jeder Stunde Kampfs.

Lichtblaue Husaren, gefallen
in den Abgrund der Zeit,
Soldaten, auf deren frisch
gesäumten Fahnen es tagt,
Soldaten von heut, Kommunisten,
kämpfende Erben
reißender metallurgischer Ströme,
hört auf meine Stimme, zwischen
Gletschern geboren, erhoben
zur Flamme eines jeglichen Tags
aus schlichter liebender Verpflichtung,
wir sind die gleiche Erde, das gleiche
verfolgte Volk,
der gleiche Kampf umgürtet die Hüfte
unseres Amerika:
                    Habt ihr, wenn
es dämmert, die düstre Höhle
des Bruders gesehen?
Habt ihr durchmessen
Sein trauerdüstres Leben?
Des Volkes
versprengtes Herz, verlassen, versunken!

Jemand, der den Frieden des Helden empfing,
verwahrte ihn in seinem Gewölb, jemand raubte die Früchte
der blutbefleckten Ernte
und teilte auf die Geographie,
feindliche Grenzen errichtend,
Zonen blinden trostlosen Schattens.

Sammelt aus den Ländern das verschämte
Pochen des Schmerzes ein, die Verlassenheiten,
das Korn aus den Überbleibseln der Tennen:
irgend etwas keimt unter den Fahnen:
die uralte Stimme ruft uns erneut.
Steigt zu des Erzgesteins Wurzeln hinab
und hinauf zu den Höhn des Metalls der Wüste,
rührt an den Kampf der Menschen auf Erden
mitten durch die Marter, die die Hände
mißhandelt, die bestimmt für das Licht.

Verschmäht nicht den Tag, den die Toten euch
anvertraun, die kämpften. Jede Ähre
entsprießt einem der Erd überlassenen Korn,
und dem Weizen gleich seine Wurzeln verflicht
das unzählbare Volk, häuft es die Ähren,
und in der entfesselten Sturmesgewalt
schwingt es sich auf zu des Weltalls Helle.

Die Indios

Der Indio floh aus seiner lebendigen Haut in die Tiefe
uralter Unermeßlichkeit, aus der er eines Tages
aufstieg gleich den Inseln: zugrunde gerichtet,
er verwandelte sich in unsichtbare Atmosphäre,
sein geheimes Zeichen über den Sand
verstreuend, er entfaltete sich auf der Erde.

Er, der den Mond verschwendete, die geheimnisvolle
Einsamkeit der Welt entwirrte,
er, der nicht vorüberging, ohne sich zu erhöhen
in luftgekrönten mächtigen Steinen,
er, der dauerte wie das Himmelslicht
unter der Herrlichkeit seiner Wälder,
er verbrauchte sich jäh, bis er nur noch ein Faden war,
er verwandelte sich in Runzeln,
zerbröckelte seine gewaltigen Türme
und empfing seinen Lumpenpacken.

Ich sah ihn in den magnetischen Höhen
von Amatitlán die Ufer höhlen
des undurchdringlichen Wassers: eines Tages zog er
durch die überwältigende Majestät
der bolivianischen Berge dahin mit seinen sterblichen
    Resten
eines Vogels und einer Wurzel.
                                        Ich sah ihn
weinen, meinen Bruder der ausgelassenen Poesie,
Alberti, in den araukanischen Bereichen,
da sie ihn, gleich Ercilla, umringten,
doch an Stelle jener roten Götter
bleigrau, eine Kette von Toten waren.

Und in weiterer Ferne, im wilden Wassernetz
des Feuerlands
sah ich sie steigen, o Wölfe, sturmzerzaust,
in die zerbrochenen Kanus,
Brot zu erbetteln auf dem Ozean.

Dort hat man eine jede Faser
ihrer öden Gebiete getötet,
und der Indiojäger empfing
schmutziges Geld für das Überbringen von Köpfen
der Herrscher der Lüfte, der Könige
der verschneiten antarktischen Einsamkeit.

Sie aber, die diese Verbrechen bezahlten, sitzen
heutigentags im Parlament, tragen
ihre Eheschließungen in den Amtsstuben ein des
    Präsidentschaftspalastes,
leben unter Kardinälen und Werkdirektoren,
über den durchschnittenen Kehlen aber
der Gebieter des Südens wachsen die Blumen.

Schon wurden Araukaniens
stolze Federkronen vernichtet vom Wein,
zerstört durch die Chicha-Schenken,
verdüstert von den Advokaten,
die den Räubereien ihres Landes dienten;
und jene, die auf dieser Erde füsilierten
und die auf den Wegen, verteidigt vom
strahlenden Gladiator unserer eigenen Ufer,
eindrangen, schießend und handeltreibend,
sie nannte man »Friedensbringer«,
und ihnen hat man die Tressen vermehrt.

So ging, ohne es zu gewahren, der Indio drauf, so vollzog
sich,
unsichtbar für ihn, die Untergrabung
seines Erbes: er sah keine Standarten,
verschwendete keinen schwirrenden blutgetränkten Pfeil,
alle aber, die seine Kraft aushöhlten nach und nach,
Obrigkeiten, Beutelschneider, Grundbesitzer,
raubten ihm seine hoheitsvolle Sanftmut,
alle verstrickten ihn ihrer Hölle,
bis sie ihn verblutend in Amerikas
letzte Sümpfe stießen.

Und aus den metallisch grünen Ebenen, aus des
Laubes lichtem unendlichem Himmel,
aus der unvergänglichen Wohnstatt,
aus gewaltigen granitenen Blättern erbaut,
trieb man ihn in die zerfallene Hütte,
in den ausgedorrten Pfuhl des Elends.
Hinweg von der strahlenden Nacktheit,
den goldschimmernden Brüsten, mattleuchtenden Lenden,
den erzenen Ornamenten,
die auf seiner Haut allen Himmelstau vereinten,
brachten sie ihn zur Lumpenfaser,
teilten sie ihm ausgediente Beinkleider zu,
und so zog seine Herrlichkeit einher, flickenbesät
durch die Luft der Welt, die sein gewesen.
Also ward jene Marter verübt.

Diese Tat war wie das Eindringen
eines Verräters unsichtbar, unfühlbar ein Krebsgeschwür,
bis er erschöpft war, unser Ahne,
bis sie ihn unterwiesen hatten, Gespenst seiner selbst zu
sein,

und er in die einzige Tür, die sie offenließen, eintrat,
die Tür der übrigen Armen, die aller
armen Geschlagenen auf Erden.

Winter im Süden zu Pferde

Ich habe der Wälder Rinde durchritten,
die tausendfach angefallen vom australen Schlag:
ich habe des Pferdes Hinterkopf einschlafen gefühlt
unter dem eisigen Stein der Nacht des Südens,
frösteln in der Klamm des entblätterten Berges,
aufwärtssteigen an fahler beginnender Felsenwange:
ich kenne das Ende des Galopps im Nebel,
die Lumpen des armen Wandernden:
für mich gibt es nicht Gott, nur den dunklen Staub,
den endlosen Rücken des Steins und die Nacht,
unwirtlich den Tag
mit einer Ankunft
elender Kleidung und vernichteter Seele.

Der Flüchtling (1948)

Durch die große Nacht, durch das ganze
Leben,
von Tränen schreibend, ein Gewand mit dem anderen
 wechselnd,
zog ich in jenen bedrückenden Tagen dahin.
Ein Flüchtling war ich der Polizei:
und in kristallener Stunde, im Dickicht
einsamer Sterne
kreuzte ich Städte, Wälder,
Äcker, Häfen,
von der Tür eines Menschenwesens zum andern,
von eines Menschen Hand zu einem andern Menschen, zu
 einem andern.
Schwer ist zu ertragen die Nacht, doch der Mensch
hat seine Zeichen errichtet, die brüderlichen,
und blindlings durch Dunkel und Wege
erreichte ich die erhellte Tür, den kleinen
Sternenpunkt, der mein war,
das Stückchen Brot, das die Wölfe im Wald
nicht verschlungen.

Einmal kam ich im Flachland
des Nachts in ein Haus, keinen der Bewohner
hatte ich je gesehen vor jener Nacht
noch solche Existenzen vermutet.

Was sie auch taten, ihre Augenblicke
waren neu für mein Bewußtsein.
Ich trat ein, fünf Familienmitglieder waren da:
alles aus ihren Betten aufgestanden
wie in der Nacht einer Feuersbrunst.

Ich drücke eine
Hand nach der anderen, sah ein Gesicht und immer wieder
ein Gesicht,
die nichts mir sagten: da waren Türen,
die ich zuvor auf der Straße nie gesehn,
Augen, die mein Gesicht nicht kannten,
und in tiefer Nacht, kaum
aufgenommen, legte ich mich vor Ermatten nieder,
den Kummer zu verschlafen meines Vaterlands.

Und während nun der Schlaf kam,
unzählbar das Echo der Erde
mit heiserem Bellen und Fäden
der Einsamkeit, währte weiter die Nacht,
und ich dachte: »Wo bin ich? Wer
sind sie? Warum beschützen sie mich heut?
Warum öffnen sie, die bis zu diesem Tag mich nicht sahn,
ihre Türen mir und verteidigen meinen Gesang?«
Und niemand gab Antwort als ein Raunen
entblätterter Nacht,
ein Geweb der Grillen, das zum Himmel wuchs:
die ganze unberührte Nacht schien
kaum zu zittern im Laub.
Nächtliche Erde, du kamst
an mein Fenster mit deinen Lippen,
daß ich süß entschlummere
wie auf tausend Blätter sinkend
von Ort zu Ort, von Nest zu Nest,
von Zweig zu Zweig, um plötzlich
wie ein Toter zu ruhen zwischen deinen Wurzeln.

Ich liebe, Valparaíso, alles, was du umschließt,
alles, was du ausstrahlst, Braut des Ozeans,
weiter noch als dein tauber Nimbus reicht.
Ich liebe dein ungestümes Licht, mit dem du
in der Meernacht dem Seemann zu Hilfe eilst,
und dann bist du – der Orangenblüten Schönste –
die Lichte, Nackte, Feuer und Nebel.
Möge niemand kommen mit dunklem Hammer,
zu zerschlagen, was ich liebe, um dich zu
verteidigen:
niemand für deine Geheimnisse, nur mein eigenes
Sein,
niemand, nur meine Stimme für deine ausgespannten
Gespinste des Taus, für deine Treppen,
wo des Meeres mütterliches
Salz dich küßt, niemand, nur meine Lippen
für deine Sirenenkrone, die kalte,
in den Luftraum der Gipfel erhoben,
ozeanische Liebe, Valparaíso,
Königin aller Küsten der Welt,
wahrhaft Mittelpunkt der Wogen und Schiffe,
du warst immer in mir wie der Mond oder wie
im Hochwald des Windes Flug.
Ich liebe deine strafbaren Gäßchen,
deinen Dolchmond über den Hügeln,
und auf deinen Plätzen, mit Blau
den Frühling kleidend, das Schiffsvolk.

Mögen wir doch einander verstehen, beschwör ich dich,
mein Hafen,
denn ich habe das Recht,

dir das Gute zu schreiben wie das Böse,
und ich bin den bitteren Lampen gleich,
so sie der Flaschen Scherben erhellen.

Weißt du noch, wie wir
im Winter auf die Insel kamen?
Das Meer hob uns entgegen
einen Pokal voll Kälte.
An den Wänden die Kletterpflanzen
wisperten und ließen
dunkle Blätter
uns vor die Füße fallen.
Auch du warst ein kleines Blatt,
das zitterte an meiner Brust.
Der Wind des Lebens hatte dich hingeweht.
Zuerst sah ich dich nicht; ich merkte nicht,
daß du mit mir gingst,
bis deine Wurzeln
meine Brust durchbohrten,
sich vereinten mit den Fäden meines Blutes,
sprachen aus meinem Mund,
mit mir erblühten.
So war deine unbemerkte Gegenwart,
unsichtbares Blatt oder Zweiglein,
und plötzlich erfüllte sich
mein Herz mit Früchten und Klängen.
Du bewohntest das Haus,
das dunkel dich erwartete,
und zündetest drin die Lampen an.
Weißt du noch, meine Liebe,
unsere ersten Gänge auf der Insel:
Die grauen Steine erkannten uns,
die Regenböen,
die Schreie des Windes in der Düsternis.
Aber das Feuer war

unser einziger Freund,
dicht bei ihm preßten wir
vierarmig
die süße Winterliebe.
Das Feuer sah wachsen unseren nackten Kuß,
bis er an verborgene Sterne rührte,
und sah den Schmerz zur Welt kommen und sterben,
wie ein zerbrochenes Schwert
gegen die unbesiegbare Liebe.
Weißt du noch,
o du, die schläft in meinem Schatten,
wie aus dir der Traum erwuchs,
aus deiner nackten Brust
mit ihren Zwillingskuppeln,
offen zum Meer, zum Wind der Insel,
und wie ich frei dahinschiffte
in deinem Traum, im Meer und im Wind,
gefesselt dennoch und überflutet
von der blauen Klangfülle deiner Süße?
O Süße, meine Süße,
der Frühling verwandelte
die Mauern der Insel.
Es erschien eine Blüte wie ein Tropfen
orangegetönten Blutes,
und dann entluden die Farben
mit Wucht ihr reines Gewicht.
Das Meer errang aufs neue seine schimmernde Klarheit,
die Nacht am Himmel
ließ vortreten ihre Trauben,
und schon wisperten alle Dinge
unseren Liebesnamen, Stein um Stein
sagte unseren Namen und unseren Kuß.
Die Insel aus Stein und Moos

hallte wider im Geheimnis ihrer Grotten
wie in deinem Mund das Lied,
und die Blume, die zur Welt kam
aus den Ritzen im Gestein
mit ihrer geheimen Silbe,
sagte beim Vorübergehn deinen Namen,
den Namen einer brennenden Pflanze,
und der schroffe Fels, aufragend
wie die Wand der Welt,
erkannte meinen Gesang, Geliebte,
und alle Dinge sagten
deine Liebe, meine Liebe, Geliebte,
denn die Erde, die Zeit, das Meer, die Insel,
das Leben, die Gezeiten,
der Keim, der seine Lippen
langsam öffnet in der Erde,
die heißhungrige Blüte,
die Bewegung des Frühlings,
alles erkennt uns.
Unsere Liebe ist geboren
außerhalb der Wände,
im Wind,
in der Nacht,
in der Erde,
und darum wissen
der Lehm und die Blumenkrone,
der Schlamm und die Wurzeln,
wie du heißt,
und sie wissen, daß mein Mund
sich zusammentat mit deinem,
denn zusammen sind wir in die Erde gesät worden,
ohne daß auch nur wir selber dies wußten,
damit wir zusammen aufwachsen

und zusammen blühen,
und darum,
wenn wir vorbeigehn,
ist dein Name auf den Blütenblättern
der Rose, die im Stein wächst,
mein Name ist in den Grotten.
Sie wissen alles,
wir haben keine Geheimnisse,
zusammen sind wir gewachsen,
doch wir wußten es nicht.
Das Meer kennt unsere Liebe, die Steine
der Felsenhöhe wissen, daß unsere Küsse
mit unendlicher Reinheit erblühten,
wie aus ihren Spalten
ein Scharlachmund erscheint:
so kennen sie unsere Liebe und den Kuß,
die deinen Mund vereinen mit dem meinen
in einer ewigen Blüte.
Meine Liebe,
der linde Frühling,
Blüte und Meer, umringen uns.
Wir tauschen ihn nicht
gegen unseren Winter,
wo der Wind
deinen Namen zu entziffern begann,
den er heute zu allen Stunden wiederholt,
wo die
Blätter nicht wußten,
daß du ein Blatt warst,
wo die
Wurzeln
nicht wußten, daß du mich suchtest
in meiner Brust.

Liebe, Liebe,
der Frühling
bietet uns den Himmel an,
aber die dunkle Erde
ist unser Name,
unsere Liebe gehört
der ganzen Zeit und der Erde.
Uns liebend, mein Arm
unter deinem sandigen Hals,
werden wir darauf warten,
wie die Erde sich wandelt und die Zeit
auf der Insel,
wie die Blätter
der verschwiegnen Kletterpflanzen fallen,
wie der Herbst
durchs zerbrochene Fenster entweicht.
Aber wir
werden warten
auf unseren Freund,
auf unseren Freund mit roten Augen,
das Feuer,
wenn von neuem der Wind
an den Grenzen der Insel rüttelt
und den Namen von allen
nicht mehr kennt,
wird der Winter
uns suchen, meine Liebe,
immer
wird er uns suchen, weil wir ihn kennen,
weil wir ihn nicht fürchten,
weil wir
bei uns haben
das Feuer

für immer.
Wir haben
die Erde bei uns
für immer,
den Frühling bei uns
für immer,
und wenn sich
von den Kletterpflanzen
ein Blatt löst,
so weißt du, meine Liebe,
welcher Name
auf diesem Blatt steht,
ein Name, welcher deiner ist und meiner,
unser Liebesname, ein einziges
Wesen, der Pfeil,
der den Winter durchquerte,
die unbezwingliche Liebe,
das Feuer der Tage,
ein Blatt,
das mir auf die Brust fiel,
ein Blatt vom Baum
des Lebens,
das nistete und sang,
das Wurzeln trieb,
das Blüten und Früchte trug.
Und so siehst du, meine Liebe,
wie ich über die
Insel schreite,
über die Welt,
sicher inmitten des Frühlings,
lachend vor Lust am Licht im Frost,
ruhig durchs Feuer gehend,
dein Blütenblattgewicht

auf meinen Armen haltend,
als wäre ich nie gewandert,
außer mit dir, mein Herz,
als könnte ich gar nicht wandern,
außer mit dir,
als könnte ich gar nicht singen,
außer wenn du singst.

Dein Lachen

Nimm mir das Brot weg, wenn du
es willst, nimm mir die Luft weg,
aber laß mir dein Lachen.

Laß mir die Rosenblüte,
den Spritzstrahl, den du versprühst,
dieses Wasser, das plötzlich
aufschießt in deiner Freude,
die jähe Pflanzenwoge,
in der du selbst zur Welt kommst.

Mein Kampf ist hart, und manchmal
komme ich heim mit müden
Augen, weil ich die Welt
gesehn, die sich nicht ändert,
doch kaum trete ich ein,
steigt dein Lachen zum Himmel,
sucht nach mir und erschließt mir
alle Türen des Lebens.

Meine Liebe, auch in der
dunkelsten Stunde laß dein
Lachen aufsprühn, und siehst du
plötzlich mein Blut als Pfütze
auf den Steinen der Straße,
so lache, denn dein Lachen
wird meinen Händen wie ein
frisch erglänzendes Schwert sein.

Und am herbstlichen Meer
soll deines Lachens Sturzflut

gischtend himmelwärts steigen,
und im Frühling, du Liebe,
wünsche ich mir dein Lachen
als Blüte, lang erwartet,
blaue Blume, die Rose
meines klingenden Landes.

Lache über die Nacht,
über den Tag, den Mond,
lache über die krummen
Gassen unserer Insel,
lache über den Burschen,
den Tolpatsch, der dich liebt,
aber wenn ich die Augen
öffne, wenn ich sie schließe,
wenn meine Schritte fortgehn,
wenn sie dann wiederkommen,
nimm mir das Brot, die Luft,
nimm mir das Licht, den Frühling,
aber niemals dein Lachen,
denn sonst würde ich sterben.

Die Liebe

Was hast du, was haben wir,
was widerfährt uns?
Ach, unsere Liebe ist ein harter Strick,
der uns festzurrt, uns verletzt,
und wollen wir
unserer Wunde entrinnen,
uns trennen,
so schlingt er uns einen neuen Knoten und verdammt uns,
daß wir zusammen verbluten und uns verbrennen.

Was hast du? Ich schaue dich an
und finde nichts an dir als zwei Augen,
genauso wie alle Augen, einen Mund,
verloren unter tausend Mündern, die ich küßte, die
schöner waren,
einen Körper gleich denen, die unter
meinem Körper glitten, ohne ein Erinnern zu hinterlassen.

Und wie leer gingst du durch die Welt,
ein weizenfarbner Tonkrug
ohne Luft, ohne Laut, ohne Inhalt!
Ich suchte vergeblich in dir
eine Tiefe für meine Arme,
die unentwegt graben unter der Erde:
unter deiner Haut, hinter deinen Augen
– nichts,
unter deiner zwiefach gewölbten Brust
ein spärliches
gläsernes Rieseln,
das nicht weiß, warum es singend dahinrinnt.
Warum, warum, warum,
meine Liebe, warum?

Die Verletzung

Ich habe dir wehgetan, mein Herz,
ich habe dein Herz zerrissen.

Versteh mich.
Alle wissen, wer ich bin,
aber dieses Ich-bin
ist überdies ein Mann
für dich.

In dir wanke ich, falle
und erhebe mich glühend.
Du unter allen Wesen
hast das Recht,
mich schwach zu sehen.
Und deine kleine Hand
für Brot und Gitarre
soll meine Brust berühren,
wenn ich hinausgeh zum Kampf.

Darum suche ich in dir den festen Stein.
Rauhe Hände schlage ich in dein Blut,
deine Festigkeit suchend
und die Tiefe, die ich brauche,
und begegnet mir
nur dein metallisches Lachen, treffe ich
nichts, worauf meine harten Schritte Halt finden.
Angebetete, so nimm
meine Trauer hin und meinen Zorn,
meine feindlichen Hände,
die dich zerstören, ein wenig,
damit du aus dem Lehm erstehst,
neu geschaffen für meine Kämpfe.

Die Rückkehr

Im Süden Italiens, auf der Insel,
eben angekommen
aus dem schimmernden Ungarn, der schroffen
Mongolei:
Sonne über dem Winter,
Sonne über winterlichem Meer.
Von neuem,
von neuem, o Liebe,
laßt uns beginnen, versammeln wir um uns
die Stoffe der Erde, das Fundament.
Daß Licht sei
und walte die Transparenz.
Schließen wir ums Brot
alles Leben zum Kreis.
Daß unter die Menschen
verteilet seien alle Güter der Erde.
Gerechtigkeit walte,
wir werden sie gründen.

Leben,
du gabst
mir alles.
Du trenntest von mir die Einsamkeit,
die einsame Lampe
und die Mauer.
Du schenktest mir
Liebe mit vollen Händen,
Kämpfe,
Freuden,
alles.
Und gegen meinen Willen

ihm ergab ich mich.
Ich schloß die Augen.
Wollte es nicht sehen.

Du kamst
trotz allem,
vollkommen,
vollständig, mit all deinen Gaben
und mit der Wunde, die ich selber schlug
in deinem Innern wie eine blutende Blüte
und die mich zittern machte, ohne mich zu zerstören.

Ich verließ mein Vaterland

Ich querte die Cordilleren zu Pferd.

Ein winziger Tyrann, ein Ballett-Tänzer, verkaufte
mein Vaterland samt Metallen und Häuern
und füllte den Raum, der beherrscht
war vom Frührot, mit Mauern und Kerkern.
Ich entkam durch die zerschrundenen Schlünde
des Weltalls und galoppierte dahin
unter des Hochwalds dunklem Schweigen.
Plötzlich stürzten eisige Taubenschwärme
des Schneesturms Gewalten herab,
eiskalte Gefieder, Naturkraft unumschränkt:
Sogleich verwandelten Erd und Bäume sich
in widriges rauhes Geschick und Wunden,
in Eisdämme unvermuteten Holzes,
undurchdringliche Dichte, zur
Kathedrale gewirkt inmitten des Laubs
oder titanisches gleitendes Salz,
scharfzackige Felsengürtel.

Und zu allem glitt ich jählings hinab
die steilgetürmte Erde, und die Reiter,
sie bahnten mit Beilen den Weg,
wo die rasende Gottheit eines neuen
Schwerter überflutenden Stroms auf der Lauer lag
und ihr geheimes Getöse hinabstürzte
auf die Feindseligkeit des Dickichts.

Der verteilte Gesang

Zwischen der Cordillere
und dem Meere Chiles
schreibe ich.

Schneeweiß die Cordillere.
Eisenfarben das Meer.

Ich kehrte heim von meinen Fahrten
mit den neuen Trauben.

Und dem Wind.

Der Wind hat die Erde
geschüttelt, die Wurzeln.

Ich reiste mit dem Wind.

Heut zwischen Meer und Schnee
und meiner Heimaterde
ordne ich die Gaben,
die ich in der Welt empfing.

Als brennenden Dornbusch
pflanzte ich meine Liebe
in den Frühling
meiner Heimaterde ein.

Singend kehrte ich heim.

Wo immer ich war,
mich umhüllte

mit Keimen und Früchten das Leben,
das schöpferische.

Mit Getreiden geschmückt und Trauben
kehrte ich heim.

Ich trug den Samen mit mir
lichtklarer Schulen,
das stählerne Laubwerk
der jungen Fabriken,
den Pulsschlag
die Standhaftigkeit und die Bewegtheit
der Weite, die mit Duft sich erfüllt.

An jedem Ort sah ich
das geschmälerte Brot
und dahinter sich breiten
die Reiche der Ähre.

Sah in den Dörfern den Krieg,
wie ein zerbrochnes
Gebiß,
und sah den vollkommenen Frieden
in anderen Landen
wie einen Wipfel aufwachsen,
wie das Kind in der Mutter.

Ich habe gesehn.

Wo immer ich war, noch
zwischen Dornen,
die verwunden mich wollten,
sah ich, wie eine Taube

in ihrem Flug
mein Herz anderen Herzen
verwob.
An jedem Ort fand ich
Brot, Wein und Feuer, Hände
und Zärtlichkeit.

Ich schlief unter all
den vereinigten
Fahnen
wie unterm Gezweig
eines einzigen grünen Walds,
und die Sterne, sie waren
meine Sterne.

Aus meinen erbitterten
Kämpfen, aus meinen Schmerzen
bewahrte ich nichts,
das euch nicht dienen könnte.

Auch, der Erde gleich,
gehöre ich allen.
Keinen einzigen Tropfen
Haß birgt meine Brust. Geöffnet
sind meine Hände,
die die Trauben verteilen
im Wind.

Ich kehrte heim von meinen Fahrten.
Die Freude errichtend,
befuhr ich das Meer.

Möge die Liebe uns schützen.

Möge ihr neues
Gewand
die Rose entfalten. Möge die Erde
immerdar blühend
gedeihn.

Zwischen den Cordilleren
und den schneeigen Wogen
Chiles,
neugeboren im Herzblut
meines Volkes,
singe ich für euch alle,
für euch.

Möge verteilt sein
auf Erden aller Gesang.

Mögen die Trauben aufranken.
Mög sie verteilen der Wind.

So soll es sein.

Ode an die Liebe

Liebe, legen wir Rechenschaft ab.
In meinem Alter
ist es unmöglich,
zu betrügen oder sich zu irren.
Wegelagerer war ich,
zuweilen,
ich bereue es nicht.
Ein eindringlicher Augenblick,
eine Magnolie, zerpflückt
von meinen Zähnen,
und des himmlischen Mondes
Licht.
Nun wohl, aber die Bilanz?
Die Einsamkeit warf weiterhin
ihr Netz, durchwirkt
von kühlen Jasminen,
und alsdann,
die ich in meine Arme nahm,
sie ward die rosenrote Herrin
der Inseln.
Liebe,
aus einem Tropfen,
mag er auch fallen
während des ganzen, ganzen
nächtlichen
Frühlings,
erwächst kein Weltenmeer,
und nackt blieb ich zurück,
einsam, harrend.

Aber sie,
die in meinen Armen
einer Woge gleich vorüberglitt,
sie,
die einzig Geschmack nur war
abendlicher Frucht,
sie funkelte
auf einmal als Stern,
erglühte als Taube,
und über meiner Haut sah ich sie
sich entfalten
als Strahlenkrone eines flammenden Feuers.
Liebe, seit jenem Tag
alles ward einfacher.
Ich unterwarf mich den Geboten,
die mein vergeßnes Herz mich hieß,
und umschlang ihre Hüfte
und begehrte ihren Mund
mit der ganzen Macht
meiner Küsse,
gleich einem König, der mit einem
verzweifelten Heer einen kleinen Turm
an sich bringt, wo seiner Kindheit
wilde Lilie wächst.
Darum, o Liebe, glaube ich,
mag auch verworren sein
und hart dein Weg,
kehrst du dennoch zurück
von deiner Jagd
und entfachst du
von neuem das Feuer,
muß wie das Brot auf dem Tisch
voll Schlichtheit sein,

was wir lieben.
Dieses gabst du mir, Liebe.
Als ich sie zum erstenmal
in meine Arme schloß,
wie eines hurtigen Frühlings
Gewässer glitt sie vorüber.
Heute
umfange ich sie von neuem.
Zu schmal sind meine Hände und
die Augenhöhlen zu klein,
als daß sie ihren Reichtum
auffangen könnten,
den Kaskadensturz
unerschöpflichen Lichts, den Faden Gold,
das Brot ihrer Lieblichkeit,
die, o Liebe, einzig mein Leben sind.

Ode an die zur Unzeit Erschienene

Gewächs meiner Heimat, o Erdenrose,
aufglimmender Stern,
nachtschwarzer Dornbusch,
Mondes Blüte im Weltenmeer,
das ich mit seinen Fährnissen liebte und Wogen,
mit seinen Sackgassen und Dolchen,
Mohnblüte,
rauhe,
o Nelke aus schwarzem Perlmutt,
warum,
da mein Glas
überschäumte und von der Trauer
zum Feuer wechselte mein Herz,
da nichts ich dir bieten konnte von dem,
was auf dich gewartet das ganze Leben lang,
nahtest du
dann,
da glühende Lettern
brannten auf meiner Stirn,
warum nahte die makellose Linie
deiner bräutlichen Kontur
wie ein Reif,
der um den Erdball sich dreht?
Unter allen und allen
du durftest nicht
meinem Fenster nahen
wie ein später Jasmin.
O dunkle Flamme, du warst es nicht,
die mich berühren durfte
und aufsteigen mit meinem Blut
zu meinem Munde.

Und nun
was soll ich dir als Antwort sagen?
Verzehre dich,
warte nicht,
für deine Lippen aus nächtlichem Stein
gibt es keine Hoffnung.
Verzehre dich,
du in deiner Flamme,
ich in meiner Glut,
und liebe mich
um der Liebe willen, die nicht auf dich warten konnte;
lieb mich in dem,
wo du und ich von Stein und Pflanze sind:
Laß uns von dem, was wir
uns nicht gewährten, weiterleben:
von einer Schulter, an die sich nicht die Rose lehnen dürfen
hat,
von einer Blume, die ihr eignes Brandmal mit Licht erfüllt.

Ode an die Zwiebel

Zwiebel,
leuchtende Phiole,
Blütenblatt um Blütenblatt
formte deine Schönheit sich,
kristallene Schuppen ließen dich schwellen,
und im Verborgenen der dunklen Erde
füllte dein Leib sich an mit Tau.
Unter der Erde
ward dieses Wunderwerk,
und als dein unbeholfener
grüner Trieb erschien
und deine Blätter degengleich
sprossen im Garten,
drängte die Erd ihren Reichtum zusammen
und wies deine durchscheinende Nacktheit,
und wie in Aphrodite das ferne Meer
die Magnolie nachschuf,
da es ihre Brüste formte,
also bildete
die Erde dich,
Zwiebel,
hell wie ein Planet
und zu leuchten
bestimmt,
unvergängliches Himmelszeichen,
rundliche Rose von Wasser
auf
dem Tisch
der armen Leute.
Verschwenderisch
läßt du

deinen Globus der Frische zergehn
im verzehrenden Sud
des Topfes,
und der kristallene Saum
in des Öls entfachter Hitze
verwandelt sich in eine gekräuselte Feder von Gold.

Auch gedenke ich, wie dein Zutun
die Freundschaft des Salates fruchtbar macht,
und es will scheinen, der Himmel hilft mit,
da er dir des Hagelkorns zierliche Gestalt verlieh,
deine feingehackte Helle zu rühmen
auf den Hemisphären einer Tomate.
Aber erreichbar
den Händen des Volkes
und beträufelt mit Öl,
bestreut
mit ein wenig Salz,
tötest du den Hunger
des Tagelöhners auf mühsamem Wege.
Stern der Armen,
gütige Fee,
eingehüllt
in zartes
Papier kommst du aus dem Boden der Erde,
ewig, vollkommen und rein
wie Samenkorn der Gestirne,
und wenn in der Küche
das Messer dich zerschneidet,
quillt die einzige
leidlose Träne.
Du machst uns weinen, ohne uns zu betrüben.
Solange ich lebe,

will ich lobsingen, Zwiebel,
für mich aber bist du schöner
als mit blendenden Schwingen
ein Vogel,
für meine Augen bist du
Himmelskugel, Platinkelch,
beschneiter Anemone
unbeweglicher Tanz,

und der Erde ganzer Duft, er lebt
in deiner kristallinischen Natur.

Ode an die Armut

Als ich geboren war,
Armut,
folgtest du mir,
blicktest mich an
durch
die vom tiefen Winter
vermoderten Bretter.
Plötzlich
waren deine Augen da,
die mich ansahn aus den
    Löchern.
Die Regenrinnen
wiederholten
des Nachts
deinen Vor- und Zunamen,
zuweilen auch
das zersprungene Salzfaß,
der zerschlissene Anzug,
die aufgeplatzten Schuhe,
sie warnten mich.
Dort warst du
und stelltest mir nach
mit deinen reißenden Zähnen,
deinen Sumpfaugen,
deiner grauen Zunge,
die das Holz, die Kleidung,
die Knochen, das Blut
zerschneidet,
dort warst du
und suchtest mich,
du stelltest mir nach

in den Straßen
seit meiner Geburt.

Mietete ich in der Vorstadt
ein kleines Zimmer,
so hast du, auf einem
Stuhle hockend, auf mich gewartet,
schlug ich in einem finstern Hotel
das Bettuch zurück,
fand ich, der Jüngling,
nicht der nackten Rose
Duft,
sondern das kalte Pfeifen
deines Mundes.
Armut,
du verfolgtest mich
in Kasernen und Hospitälern,
im Frieden und im Krieg.
Wenn ich erkrankte, klopfte es
an der Tür:
Nicht der
Arzt war es, eintrat
abermals die Armut.
Dich sah ich meine Möbel gewaltsam
auf die Straße schleppen:
Die Männer
ließen sie wie Felsblöcke fallen.
Du bautest
mit grausiger Liebe
aus dem Haufen Verlassenheit
inmitten der Straße und des Regens
einen lückenhaften Thron,
und, auf die Armen blickend,

ergriffst du
meinen letzten Teller und erhobst ihn zum
Diadem.
Jetzt,
Armut,
stelle ich dir nach.
So wie du unerbittlich warst,
bin ich unerbittlich.
Anseiten
jedes Armen
wirst du singend mich finden,
unter
jedem Laken
des letzten Hospitals
findest du meinen Gesang.
Dich verfolge ich,
Armut,
dich bewache ich,
dich kreis ich ein,
gegen dich geh ich an,
dich sperr ich ab vom Leben,
dir beschneid ich die Krallen,
dir breche ich
die Zähne, die dir noch blieben, aus.
Ich bin
allüberall:
mit den Fischern auf dem Weltmeer,
in der Grube
finden
die Männer,
wenn sie die Stirn sich wischen,
den schwarzen Schweiß abtrocknen,
meine Gedichte.

Ich gehe täglich
mit der Textilarbeiterin aus.
Ich habe weiße Hände,
vom Brotreichen in den Bäckereien.
Wohin du auch gehst,
Armut,
singt
mein Lied,
lebt
mein Leben,
kämpft
mein Blut.
Ich werde deine bleiche Fahne,
wo man sie auch erhebt,
in die Flucht schlagen.

Andre Dichter
nannten vor Zeiten dich
heilig,
vergötterten dein Gewand,
nährten sich von Rauch
und verschwanden.
Ich
mißtraue dir.
Mit hartem Vers treff ich dein Antlitz,
ich treib dich aufs Schiff und schicke dich
in die Verbannung.
Ich mit anderen,
mit andern, vielen andern,
wir werden dich vertreiben
von der Erde zum Monde,
auf daß du dorten bleibst
seelenlos und gefangen,

mit einem Aug
das Brot erspähend und die Trauben,
die erfüllen werden die Erde
von morgen.

Ode an die Dichtung

Fast fünfzig Jahre nun
wandre ich
mit dir, Dichtkunst, einher.
Zu Beginn
umstricktest du die Füße mir,
und ich schlug mit dem Antlitz
auf die dunkle Erde
oder versenkte,
die Sterne zu schaun,
meine Augen in die Pfütze.
Später umschlangst du
mit den Armen der Geliebten mich
und ranktest auf
in meinem Blut
wie eine Ackerwinde.
Dann
hattest du dich verwandelt zum Pokal.

Herrlich
war es,
dich zu verschütten ohne gänzlich dich zu verzehren,
dein Wasser zu reichen, das unerschöpfliche,
zu sehen, wie ein Tropfen fiel
auf ein verbranntes Herz
und es aus seiner Asche wieder zum Leben erwachte.
Aber
auch das war mir nicht Genüge.
So viel war ich gewandert mit dir,
daß ich den Respekt vor dir verlor.
Ich hörte auf, dich als
duftige Najade zu zeigen,

ließ dich arbeiten als Wäscherin,
Brot verkaufen in den Bäckereien,
weben mit den Weberinnen, den schlichten,
Eisen schmieden in der Metallurgie.
Und weiter zogst du
um die Welt mit mir,
aber du warst nicht
die blütenreiche
Statue mehr meiner Kindheit.
Du sprachst
mit eherner Stimme
jetzt.
Deine Hände
waren fest wie Stein.
Dein Herz
ein überströmender
Quell von Glocken,
du knetetest Brot mit vollen Händen,
halfst mir,
nicht zu fallen aufs Gesicht,
suchtest Gesellschaft mir,
nicht eine Frau,
nicht einen Mann,
Tausende aber, Millionen.
Dichtung,
wir zogen zusammen
in den Kampf, in den Streik,
zum Aufmarsch, in die Häfen,
die Grube,
und ich lachte, wenn du herauskamst
mit kohlenbefleckter Stirn
oder gekrönt mit duftendem Sägemehl
aus den Sägemühlen.

Schon schliefen wir nicht mehr am Wege.
Uns erwarteten Arbeitertrupps
mit frisch gewaschenen
Hemden und roten Fahnen.
Und du, Poesie,
einst so unselig scheu,
an der Spitze
gingst du,
und alle
gewöhnten sich an dein täglich
Sterngewand,
denn, mochte ein Blitz auch
deinen Ursprung erhellen, du erfülltest dein Tagwerk,
zwischen den Schritten der Menschen dein Schritt.
Ich wollte, du rühmtest
den Nutzen und seiest nützlich
wie Metall oder Mehl
und geneigt, Pflugschar zu sein,
Werkzeug,
Brot und Wein,
geneigt, o Dichtung,
zu kämpfen Leib an Leib
und, dein Blut verströmend, zu fallen.
Und nun,
Dichtung,
hab Dank, du Angetraute,
Schwester, Mutter
oder Braut,
Dank dir, Meereswoge,
Orangenblüte und Fahne,
tönende Macht des Gesangs,
gediegenes Blütenblatt von Gold,
untermeerische Glocke,

Kornspeicher
unerschöpflich,
Dank dir,
Erde jedes meiner Tage,
Himmelshauch und Blut
meiner Jahre,
weil du mich begleitet
herab von luftleerer Höhe
zum einfachen Tisch
der Armen,
weil du in meine Seele
die Lust zur Eisenhärte
und kaltes Feuer gelegt,
weil du mich emporhobst
zur vortrefflichen Höhe
des einfachen Menschen,
Dichtung,
weil du nicht nachließest,
indes ich mich verzehrte
an dir,
deine dauernde Morgenfrische zu entfalten,
deine kristallinische Macht,
als würde die Zeit,
die langsam zu Erde mich werden läßt,
die Wasser strömen lassen
meines Gesanges ewiglich.

Ode an die Seeaalsuppe

Im sturmdurchwühlten
Meer
von Chile
lebt der rosenfarbene Seeaal,
der Aalgigant
mit schneeigem Fleisch.
Und in den chilenischen
Kochtöpfen
an der Küste
kam zur Welt die reiche,
kräftige, köstliche
Suppe.
Man bringt den enthäuteten Aal
in die Küche,
seine fleckige Haut läßt sich
abziehen wie ein Handschuh,
und da liegt er nun,
nackt,
dieses Traubengebild des Meeres,
schon schimmert
der zarte
in seiner Blöße,
bereit
für unsre Begier.
Nun
nimm
den Knoblauch,
streichle zuerst einmal
dieses köstliche
Elfenbein,
rieche

seinen aufreizenden Duft,
und dann
gibst du den Knoblauch, feingehackt,
mit der Zwiebel
und der Tomate hinein,
bis die dünstende Zwiebel
goldfarben wird.
Unterdes
kochen
die Meereskrebse,
die königlichen,
im Dampf,
und wenn sie gerade
gar sind
und das Arom
in die Brühe einkocht,
die aus des Weltmeeres
Saft besteht
und dem klaren Wasser,
das das Licht der Zwiebel ausschied,
dann
muß der Seeaal hinein
und rühmlich darin untergehen,
auf daß er im Sudtopf
sich schließe und voll sich sauge
mit Duft und Öl.
Jetzt ist nur noch vonnöten,
wie eine geschlossene Rose
die Sahne gleiten zu lassen
in das Gericht
und auf langsamem
Feuer
zu brodeln den Schatz,

bis in der Brühe
erwärmt sind
Chiles Essenzen
und auf den Tisch
gelangen, jung vermählt,
der Wohlgeschmack
des Meeres und der Erde,
auf daß du kennenlernst
den ganzen Himmel bei diesem Gericht.

Ode an das Meer

Hier auf der Insel
das Meer,
und wieviel Meer
bricht hervor jeden Augenblick
aus sich selber,
o ja, sagt es, o ja,
o nein, o nein, o nein,
o ja, sagt es, im Blauen,
im Schaum, im Wogenritt,
o nein, sagt es, o nein.
Kann nicht ruhig verharren,
Meer heiße ich, wiederholt es
gegen einen Felsen schlagend,
ohne ihn überzeugen zu können,
dann
mit sieben grünen Zungen,
sieben grünen Haien,
sieben grünen Tigern,
sieben grünen Meeren
umwogt es ihn, küßt ihn,
benetzt ihn
und schlägt,
seinen Namen wiederholend,
sich an die Brust.
O Meer, so nennst du dich,
Gefährte Ozean,
vergeude nicht Wasser und Zeit,
schüttle nicht so viel von dir ab,
hilf uns,
wir sind die winzigen
Fischer,

die Menschen der Küste,
wir leiden Hunger und Kälte,
du bist unser Feind,
triff uns nicht so hart,
brülle nicht dergestalt,
tu auf deinen grünen Schrein
und laß in unser
aller Händen
deine silberne Gabe,
den täglichen Fisch.

In jeder Hütte hier
lieben wir ihn,
sei er von Silber auch,
Kristall oder Mond,
für die ärmlichen Küchen
der Erde ward er geboren.
Bewahre ihn,
Geiziger, nicht,
der, ein feuchter Blitz,
unter den Wogen
hinschießt.
Nun, schick dich drein,
tu dich auf
und laß ihn frei
in der Nähe unserer Hände,
hilf uns, Ozean,
grüner abgrundtiefer Vater,
die Erdenarmut
eines Tags zu enden.
Laß uns
ernten die Pflanzung,
die unendliche, deiner Leben,

deiner Saaten und Trauben,
deiner Stiere, deiner Metalle,
den feuchten Glanz
und die versunkene Frucht.

Vater Ozean, wir wissen lange schon,
wie du heißt, alle
Möwen verbreiten
deinen Namen an den Gestaden:
Nun, betrage dich gut,
schüttle deine Mähne nicht,
bedrohe keinen Menschen,
zerschmettere am Himmel nicht
dein herrliches Gebiß,
höre auf mit den ruhmvollen Geschichten
für einen Augenblick,
gib jedem von uns Männern,
jedem
Weib und jedem Kind
einen großen oder kleinen Fisch
an jedem Tag.
Fisch auszuteilen,
geh hinaus auf alle Straßen
der Welt,
und dann
rufe laut,
rufe laut,
daß die Armen dich hören,
alle, die ihre Arbeit verrichten
und sagen,
den Kopf aus der Grube
streckend:
»Dort naht,

Fisch verteilend,
das uralte Meer.«
Und dann kehren sie nach unten zurück,
lächelnd in der Finsternis,
und in Straßen
und Wäldern
lächeln die Menschen
und die Erde
ein meerhaftes Lächeln.

Aber,
so du es nicht willst,
so du es nicht magst,
warte,
warte auf uns,
wir werden nachdenken,
vornehmlich aber wollen wir
die menschlichen Fragen
lösen,
die wichtigsten zuerst,
die übrigen später,
und dann
werden wir uns mit dir befassen,
werden die Wogen wir mähen
mit Messern aus Feuer,
auf elektrischem Roß
werden wir die Schaumhürden nehmen,
singend,
bis wir den Grund deines Innern
berühren,
werden wir untertauchen,
automares Garn
wird deine Hüfte umhüten,

in deinem abgründigen Garten
werden Gewächse
wir pflanzen
von Stahl und Zement,
werden wir
Hände und Füße dir binden,
auf deiner Haut werden die Menschen,
Blitze schleudernd, lustwandeln,
Traubengebilde ernten,
Fischereigeräte errichten,
dich zügeln und auf dir reiten,
deine Seele bezwingend.
Dieses aber wird geschehen, wenn
die Menschen
geregelt haben
unser Problem,
das große,
das große Problem.
Alles werden wir ordnen,
nach und nach:
Dich, Meer, werden verpflichten wir,
dich, Erde, werden verpflichten wir,
Wunder zu vollbringen,
denn in uns selber,
im Kampf
sind beschlossen Fisch und Brot,
ist das Wunder.

Ode an eine Uhr in der Nacht

An deiner Hand in der Nacht
wie ein Glühwurm schimmerte
meine Uhr.
Ich hörte
ihr Werk:
Wie ein sprödes Geraun
von deiner unsichtbaren Hand
kam es her.
Da wandte sich,
meinen Schlaf und seinen Herzschlag aufzufangen,
deine Hand an meine dunkle Brust.

Die Uhr
mit ihrer kleinen Säge
zerschnitt ohne Unterlaß die Zeit.
Wie in einem Wald
fielen
Holzspäne nieder,
winzige Tropfen, Stückchen
Gezweig oder Nester,
ohne daß die Stille sich wandelte,
ohne daß die kühle Dunkelheit ein Ende fand,
also
schnitt von deiner unsichtbaren Hand her
unaufhörlich die Uhr
Zeit und Zeit und Zeit,
und wie Blätter fielen
Minuten herab,
Fasern zerspellter Zeit,
winzige schwarze Federn.

Spürten im Walde
wir Wurzeln auf,
irgendwo ließ das Wasser
einen Riesentropfen fallen
wie eine taufeuchte Traubenkugel.
Eine winzige Mühle
zermahlte Nacht,
summendes Dunkel
fiel nieder von deiner Hand
und erfüllte die Erde.
Staub
und Erde und Ferne
mahlte und mahlte
an deiner Hand
meine Uhr in der Nacht.

Ich legte
meinen Arm
um deinen unsichtbaren Hals,
unter sein warmes Gewicht,
und in meine Hand
niederrieselte
die Zeit,
Nacht,
winzig kleine Geräusche
von Holz und Wald,
von zerkleinerter Nacht,
von Schattenfragmenten,
von Wasser, das fällt und fällt:
Da
fiel der Schlaf
aus der Uhr und von
deinen schlummernden Händen,

fiel wie dunkles Gewässer
der Wälder,
von der Uhr
herab auf deinen Leib,
und von dir in die Lande,
dunkles Wasser,
Zeit, die fällt
und hinfließt
in unserm Innern.

Und somit war jene Nacht,
Dunkel und Raum, Erde
und Zeit,
etwas, das fließt und niedersinkt
und vorübereilt.
Also ziehen über die Erde
alle Nächte dahin
und hinterlassen nur ein flüchtiges
schwarzes Arom,
es fällt ein Blatt,
ein Tropfen
auf Erden,
es schlummern Wald und Wasser,
die Wiesen,
die Glocken,
die Augen.

Ich höre dich, ja, du atmest,
du, meine Liebe,
Schlaf hüllt uns ein.

Ode an die Einsamkeit

O Einsamkeit, wundersames
Wort, wildwachsende
Kräuter
blühen zwischen deinen Silben.
Du aber bist nur blasses
Wortgebild, falsches
Gold,
trügerische Münze!
Ich beschrieb die Einsamkeit mit literarischen
Lettern,
band ihr die den Büchern
entlehnte Krawatte um,
zog ihr das Hemd an
des Traumes,
aber
ich kannte sie nur, da ich allein war.
Kein Tier jenem gleich
sah ich:
Der haarigen Spinne
und der Fliege
der Dunggruben
gleicht sie,
aber an ihren Kamelfüßen hat sie
Saugnäpfe unterseeischer Schlangen,
Pestgestank hat sie von Kellerräumen,
wo jahrhundertelang fahle Felle
von Robben und Ratten faulten.
Einsamkeit, ich will nicht,
daß du weiterhin
lügst durch den Mund der Bücher.
Es kommt der junge dunkle Dichter,

und um die träumerische Señorita
zu verführen also,
sucht er düstren Marmor sich und errichtet dir
ein kleines Standbild,
das er vergessen wird
am Morgen seiner Hochzeit.
Aber
im Zwielicht des frühen Kindesalters
begegnen wir ihr
und halten sie für eine von den Inseln
entführte schwarze Göttin,
wir spielen mit ihrem Torso und erweisen ihr
unschuldsvolle kindliche Ehrfurcht.
Nicht wahr
ist die schöpferische Einsamkeit.
Nicht allein ist
der Same in der Erde.
Der Keime Unendlichkeit trägt
das tiefe Konzert der Leben,
und das Wasser ist einzig transparente Mütterlichkeit
eines unsichtbaren versunkenen vielstimmigen Gesangs.

Der Erde Einsamkeit
ist die Wüste. Und unfruchtbar
ist wie sie
die Einsamkeit
des Menschen. Die nämlichen
Stunden, Nächte und Tage
hüllen das ganze Erdenrund
mit ihrem Mantel ein,
doch sie überlassen der Wüste nichts.
Die Einsamkeit empfängt keine Samen.
Nicht Schönheit allein ist

das Schiff auf dem Weltenmeer:
Sein Taubenflug auf den Wassern
ist das Ergebnis
einer Gemeinschaft herrlich
von Feuer und Heizern,
von Stern und Seefahrern,
von Arbeitshänden und brüderlichen Fahnen,
von gemeinsamer Liebe und gleichem Geschick.

Die Musik,
um ihrem Leben Ausdruck zu verleihen,
suchte des Oratoriums chorische Dauer
und ward nicht nur
geschrieben von einem Menschen,
sondern von einer Reihe
tönender Gestirne.
Und dieses Wort,
das hier auf dem hängenden Zweig ich belasse,
dieses Lied, das keine
Einsamkeit sucht, sondern,
auf daß du es wiederholst, deinen Mund,
schreiben die Lüfte zusammen mit mir, die Menschen,
die vor mir lebten,
und du, der du meine Ode liest
gegen deine Einsamkeit, du hast die Richtung gewiesen,
und somit schrieben, ohne mich zu kennen,
deine eigenen Hände sie nieder mit den meinen.

Ode an die nackte Schöne

Keuschen Herzens, reinen
Auges
rühme ich dich, Schönheit,
zurückdämmend mein Blut,
auf daß hervortrete und bleibe
die Linie, deine Kontur,
daß
du dich bettest in meine Ode
wie auf der Wälder Boden oder in Wogenschaum:
in irdischen Duft
oder in Meeresmusik.

Nackte Schöne du,
von gleicher Art
wie deine Ohren,
diese winzigen Muscheln
des glanzerfüllten amerikanischen Meeres,
sind deine vom uralten Schlag
des Windes oder hellen Klanges gewölbten
Füße.
Gleich sind
in ihrer parallelen Vollkommenheit und erfüllt
vom Licht des Lebens
deine Brüste,
gleich
in ihrem Schwunge sind
deine Wimpern aus Korn,
die in deinen Augen zwei unergründliche Lande
enthüllen
oder versperrn.

Die Linie, die deinen Rücken
in blasse Regionen
teilt,
verliert sich und tritt wieder
in zwei blanken Apfelhälften
hervor
und teilt
deine Schönheit abermals
in zwei Säulen
von gebranntem Gold, von Alabaster zart,
um in deinen Füßen sich zu verlieren wie in zwei Trauben,
von denen aufglüht und von neuem sich erhebt
der Doppelbaum deiner Symmetrie,
ein frohes Feuer, der gespreitete Kandelaber,
die schwellend aufgereckte Frucht
über des Meeres und der Erde Bündnis.

Dein Leib, aus welchem Erdenstoff,
Achat, Quarz, Weizen,
ward er geformt, wuchs er auf,
wie das Brot aufgeht
von der Wärme,
und zeigte silberne
Hügel,
Täler einer einzigen Blüte, Zartheiten
tiefen Samtes,
bis geschaffen ward
die feine und feste weibliche Gestalt?

Nicht nur Licht ist, das
niederstrahlt auf die Welt
und über deinen Leib
seinen gedämpften Schnee hinbreitet,

auch von dir aus geht die Helle,
als wärest du entflammt
in deinem Innern.

Unter deiner Haut lebt der Mond.

Ode über das Heimweh nach Chile (1956)

Auf Argentiniens Erden,
Qualen leidend um mein Vaterland,
leb ich und sterbe,
greife am Tag
ich nach dem, was mich an Chile erinnert,
des Nachts nach den Sternen,
die glühen jenseits des Schnees.

Durch die Ebenen schweifend,
verirrt auf der weiten Fläche des Raums,
Kräuter der Pampa
enträtselnd, Eisenherzgewächse,
Gestrüpp und Gedörn,
dünkt mich, der Himmel erdrücke sie alle:
der Himmel, alleinige Blüte des Graslands.

Herrlich ist die lebendige Luft, Hitze und
 Kälte
total, und wir scheinen darinnen
nackt, im Endlosen,
im duftenden Schweigen allein.
Flach ist die Erde, das gespannte
Fell einer Trommel, Reitergalopp,
Mensch und Geschichte
vergehn in der Ferne.

Mir aber, mir gebt die grünen
Labyrinthe,
die freien
Wasserfälle
der Anden, und unter den Rebenstöcken,

Geliebte, deine
Gitarrenhüfte.

Gebt mir die Wogen,
die meines Landes
kristallinischen Leib
erschüttern,
laßt im Osten mich sehen, wie dort
auftürmt
die Majestät der Welt
in einer stolzen Kette von Vulkanen,
mir zu Füßen das Siegel allein
des Schaumes,
Meeres Schnee, die ewige Silberschmiede!

Amerikanisch
bin ich,
und es gleicht
der weitgedehnten Pampa
mein Herz, das Wege
durchqueren,
und mir gefällt,
daß in ihm Feuer entflammen
und fliegen und eilen
Vögel und Reisende.

Mein Leib aber, Heimaterde,
verlangt nach deiner Substanz:
metallische Berge, von denen herab,
verliebt, ihr Bewohner steigt,
inmitten mineralischer Pflanzenreiche
dem Gesäusel der grünen Täler zu.

Liebstes meiner Lieben,
du Erde, makellos,
kehr ich zurück,
kette an den Bug ich mich
deines Erdenschiffs,
und so, miteinand vermählt,
werden wir hintreiben,
bis du mich bedeckst,
und ich, zusammen mit dir, Wein sein werde
für immer, der wieder ersteht in jedem Herbste,
Stein deiner Gipfel,
deines Meeresaufruhrs Welle!

Ode an das Buch

Buch,
herrliches
Buch,
du winziger Wald,
Blatt
an Blatt,
nach Urstoff
duftet
dein Papier,
morgendlich bist du
und nächtlich,
kornhaft
und ozeanisch,
Bärenjäger
füllten deine uralten Seiten,
offenes Feuer
am Mississippi,
Kanus
auf den Inseln,
später
Wege
und Wege,
Entdeckungen,
Völker
im Aufruhr,
wie ein blutender
verwundeter Fisch
zuckend im Schlamm: Rimbaud,
und die Schönheit
der Brüderlichkeit,
Stein um Stein

erhebt sich das Menschenschloß,
Schmerzen weben
die Standfestigkeit,
solidarische Taten,
geheimes
Buch
von Tasche
zu Tasche,
heimliche
Leuchte,
blutroter Stern.

Wir,
die wandernden
Dichter,
erforschen
die Welt,
an jeder Tür
empfing uns das Leben,
wir nehmen teil
am irdischen Kampf.
Und was war unser Sieg?
Ein Buch,
ein Buch, menschlicher
Berührungen voll,
wimmelnd von Hemden,
ein Buch
ohne Verlassenheit, mit Menschen
und Werkzeug,
ein Buch
ist der Sieg.
Es gedeiht und fällt
wie alle Früchte ab,

nicht Licht nur birgt es,
nicht Schatten nur,
es verlischt
und entblättert,
geht in den Straßen
verloren,
sinkt auf die Erde nieder.
Dichtwerk
von morgen,
wiederum
auf deinen Seiten
sollst du
Schnee haben und Moos,
auf daß ihre Spuren
einprägen
Schritte
und Augen:
Von neuem
beschreib uns die Welt,
die Quellen
im Dickicht,
den Hochwald,
die polaren Planeten,
und auf den Wegen,
den neuen Wegen
den Menschen,
vorwärtseilend
in der Wildnis,
auf dem Wasser,
im Himmel,
in der nackten Meereseinsamkeit,
den Menschen,
der die letzten Geheimnisse

enthüllt,
den Menschen,
heimkehrend
mit einem Buch,
den Jäger nach der Rückkehr
mit einem Buch,
den pflügenden
Bauern,
mit einem Buch.

Der solidarische Engel

Da schritt er hin, mich beschützend
vor der unbändigen Luft, vor dem Strom,
den orkanhaften Steinen
und der Dornenwildheit.
Er, der Engel, beschützte mich
vor der Meute, die mich haßte,
vor jenen, die in den Straßen des Verbrechens
johlend warteten auf mein Blut.

Der Engel der Flüsse

Du wirst wahrscheinlich wissen,
daß ich zwischen den eisernen Strömen Amerikas
einherzog.
Zitternd empfing mich das Gebreit des Paraná.
Seine Gelassenheit war wie der Mond,
der über das Grasmeer sich ergießt,
und war bevölkert von heimlichen Lippen,
die sein urwildes Tun mit Küssen bedeckten.

Ströme jener Himmelsstriche, rote Söhne
der feuchten Finsternisse Amerikas,
ich kam an eure Fluten, zum Blut,
das Tag und Nacht, Erdreich bekämpfend,
euren zahllosen Namen davonträgt,
ich war vom Äquator ein Zweig, ein Stück
deiner Erde, des Laubwerks der Flüsse.

Die breiten Gewässer erzählten mir ihre
ganze Kantate vom paraguayischen Blut
und von Asuncións Türmen des Martyriums:
wie das Dickicht zum Tiger sich wandelt,
wie das Erdöl das Banner befleckt
und wie Öle und Schlamm sich ergießen
über die armen Toten des Vaterlands.

Und mir erzählte der Strom, was die Toten
sagen, die von den Wurzeln her reden,
noch aus dem Tode Hilfe erflehend
und die Fahnen haltend, die eingescharrten,
indes die Fremden des Erdöls
mit dem Henker trinken im Palast.

Dort zwischen den Flüssen traf ich dich, noch strömten
die Wasser in meinem eigenen Blut,
Erlebnisse des Waldes, eins nach dem andern erzählend,
und dort, neuer Engel, warst du im Innern
Amerikas,
und ohne dich wiederzuerkennen, sprach ich
zu dir: »Schutzengel, Kamerad, bist du es?«
Und endlose Strecken. Weizenfelder, Wogen,
Bedrängnis und Fichtenwälder durchwanderten wir
gemeinsam,
bis auch ich über den Meeren
die Augen schloß und schlafend dahinflog.

Es kam der Tod zu Paul

In diesen Tagen erfuhr ich den Tod
Paul Eluards.
Dort, der kleine Umschlag
des Telegramms.
Ich schloß die Augen, es war
sein Tod, einige Lettern
und eine große weiße Leere.

So ist der Tod. So
kam durch die Lüfte
der Pfeil seines Todes,
um meine Finger zu durchbohren
und mich zu verwunden wie einer
furchtbaren Rose Dorn.

Held oder Brot, ich entsinne mich nicht,
ob seine ungewöhnliche Süße
die des gekrönten Siegers war
oder der Honig nur, der sich austeilt.
Ich erinnere
seiner Augen mich,
Tropfen jenes himmlischen Ozeans,
blauen Kirschbaums Blüten,
antiken Frühlings.

Wieviel Dinge
durchwandern Erde und Zeit,
bis sie einen Menschen formen.

Regen,
Strandvögel, deren heiserer

Schrei widerhallt im Schaum des Meeres,
Türme,
Gärten und Schlachten.

Das
war Eluard: ein Mensch,
dem entgegenströmten
Regenstrahlen, steile Fäden
der Wetter
und Spiegel klassischer Gewässer,
in denen der Turm des Friedens und die Schönheit
sich spiegelten und blühten.

Wo mag Guillermina sein?

Wo mag Guillermina sein?

Als meine Schwester sie eingeladen hatte
und ich ging, ihr die Tür zu öffnen,
trat die Sonne ein, einzogen Sterne,
eintraten zwei Weizenzöpfe,
und ein Paar unendliche Augen.

Ich war vierzehn
und war hochmütig dunkel,
schmal, wortkarg, die Stirne kraus,
düster und förmlich:
Ich lebte, vom Wald durchnäßt,
mit den Spinnen,
mich kannten die Käfer,
die dreifarbigen Bienen,
ich schlief, in die Minze gesunken,
mit den Rebhühnern.

Da trat Guillermina ein
mit zwei blauen Blitzen,
die mir mitten durchs Haar fuhren
und mich wie Degen
an die Wände des Winters hefteten.
Das geschah in Temuco.
Dort unten im australen Süden, an der Grenze.

Langsam sind die Jahre vorübergezogen,
stampfend wie Dickhäuter,
wie irre Füchse heulend,
unrein sind die Jahre vorübergegangen,

anwachsend, fadenscheinig, todähnlich,
und ich zog von Wolke zu Wolke,
von Land zu Land, von Auge zu Auge,
indes an der Grenze der Regen
niederging im gleichen Gewand.

Mein Herz ist gewandert
in unübertragbaren Schuhn,
und ich hab die Dornen verschmerzt:
wo ich war, gab es keine Ruhe,
wo ich dreinhieb, schlug man mich,
wo man mich tötete, fiel ich,
und ich stand in aller Frische wieder auf,
und dann und dann und dann und dann,
es dauert zu lange, all das zu erzählen.

Ich habe nichts hinzuzufügen.

Ich kam auf diese Welt, um zu leben.

Wo nur mag Guillermina sein?

Auf Capri die Haarflut

Capri, Felsenkönigin,
in deinem Gewand,
lilien- und amarantenfarben,
lebte ich, das Glück vermehrend
und den Schmerz, den Weinberg voller
funkelnder Trauben,
den ich auf Erden errang,
den flimmernden Schatz
aus Duft und flutendem Haar,
Leuchte des Zenits, entfaltete Rose,
Honigwabe meines Planeten.
Ich legte im Winter an.
Ihr saphirnes Gewand
bewahrte zu ihren Füßen die Insel,
und nackt stieg sie auf im Dunst
ihrer Meereskathedrale.
Aus Stein war ihre Schönheit. Auf jedem
Fragment ihrer Haut grünte von neuem
der unberührte Frühling,
der in den Felsenspalten seinen Schatz verbarg.
Ein roter und gelber Blitz
schlummerte hingestreckt
unter dem zarten Licht,
die Stunde erwartend,
seine Kraft zu entfesseln.
Am Gestade die Vögel unbewegt,
mitten im Himmel
ein heiserer Schrei, Wind
und Meeresschaum, der unsägliche.
Von Silber und Fels dein Gewand, kaum
sternt die blaue Blume auf,

den Stachel- und Dornenmantel bestickend
mit ihrem Himmelsblut.
O Einsamkeit Capris, ich kam
von den Trauben aus Silber,
des Winters Pokal unsichtbaren
Wirkens voll,
ich rühmte deine Beständigkeit,
dein zärtlich Licht, dein Gefüge,
und deinen Sternenwein
trank ich, als würde
in mir das Leben geboren.

Insel, von deinen Wänden
nahm ich die kleine nachtentfaltete Blume
und barg sie an meiner Brust.
Und auf dem Meer, den Inselkreis umfahrend,
schuf ich einen Ring von Wasser,
der dort in den Wogen verblieb,
die stolzen Türme umspannend
blühenden Steins,
die zerschrundenen Gipfel,
die meine Liebe nährten
und hüten werden mit mitleidlosen Händen
meiner Küsse Spur.

Gewisser Überdruß

Ich mag nicht allein überdrüssig sein,
ich möchte, daß du mit mir überdrüssig bist.

Wie sich nicht abgestumpft fühlen
von gewisser Asche, die herbstens
auf die Städte fällt,
etwas, das nicht mehr brennen will,
und das auf den Kleidern sich häuft
und nach und nach sinken wird,
die Herzen bleichend.

Überdrüssig bin ich des rauhen Meeres
und der geheimnisvollen Erde.
Überdrüssig bin ich der Hühner:
nie wußten wir, was sie denken,
die uns mit trocknen Augen ansehn
ohne uns wichtig zu nehmen.

Ich lade dich ein, daß auf einmal
wir so vieler Dinge überdrüssig werden,
der schlechten Apéritifs
und der guten Erziehung.

Seien wir überdrüssig, nicht nach Frankreich zu gehn,
seien wir wenigstens überdrüssig
eines oder zweier Tage in der Woche,
die immerfort gleich heißen
wie die Gerichte auf dem Tisch,
und daß wir morgens aufstehen, wozu?
und daß wir ruhmlos zu Bett gehn.

Sagen wir endlich die Wahrheit,
daß wir nie einverstanden waren
mit diesen den Fliegen und Kamelen
vergleichbaren Tagen.

Ich habe so manche Monumente gesehen,
den Titanen errichtet,
den Eseln der Tatkraft.
Dort habt ihr sie, regungslos,
die Degen in der Hand,
auf ihren trostlosen Rossen.
Ich bin der Standbilder überdrüssig.
Ich kann so viel Stein nicht mehr ertragen.

Wenn wir fortfahren, die Welt derart
mit den Regungslosen anzufüllen,
wie sollen da die Lebenden leben?

Ich bin des Gedenkens überdrüssig.
Ich will, daß, wenn er geboren wird, der Mensch
die nackten Blumen atmet,
die frische Erde, das reine Feuer,
nicht, was alle atmen.
Laßt die da geboren werden in Ruh!

Gebt Raum, daß sie leben!
Habt ihnen nicht alles vorgedacht,
laßt sie nicht dasselbe Buch lesen,
laßt sie das Frührot entdecken
und ihren Küssen Namen geben.

Ich will, daß du überdrüssig bist mit mir
all dessen, was da wohlbereitet ist.

All dessen, was uns altern läßt.
Dessen, was sie vorbereitet haben,
die anderen zu ermüden.

Laßt uns überdrüssig sein dessen, was tötet
und dessen, was nicht sterben will.

Die alten Frauen am Ozean

Ans ernste Meer kommen die alten Frauen
in geknüpften Umschlagtüchern,
auf schwachen zerbrechlichen Füßen.

Sie setzen sich allein ans Ufer,
ohne Augen und Hände zu bewegen,
ohne die Wolke oder das Schweigen zu ändern.

Das zuchtlose Meer zerstört und zerreißt,
stürzt Berge von Trompeten herab,
schüttelt seine Büffelmähne.

Die sanften Frauen, wie auf einem
durchsichtigen Schiff sitzend,
blicken auf die Schreckenswellen.

Wohin werden sie gehen, wo kommen sie her?
Sie kommen aus allen Winkeln,
kommen aus unserem eigenen Leben.

Jetzt haben sie den Ozean in sich,
die Kälte, die brennende Leere,
die Einsamkeit erfüllt von Flammen.

Sie kommen aus allen Vergangenheiten,
aus Häusern, die einst voll Wohlgeruch waren,
aus verbrannten Dämmerungen.

Sie blicken oder blicken nicht aufs Meer,
mit dem Stock malen sie Zeichen,
und das Meer verlöscht ihre Kalligraphie.

Die alten Frauen erheben sich
auf ihren zerbrechlichen Vogelfüßen,
während die entfesselten Wellen
nackt im Winde wandern.

Liebe

Dich so viele Tage, ach so viele Tage
so sicher und so nah zu sehn,
wie vergelte ich's, womit bezahle ich's?

Der blutdürstende Frühling
der Wälder erwachte,
die Füchse kommen aus ihren Höhlen hervor,
die Schlangen trinken Tau,
und ich gehe mit dir durchs Laubwerk,
zwischen Pinien und Schweigen,
und ich frage mich, wie und wann
ich zahlen muß für dieses Glück.

Von allem, was ich sah,
dich will ich weiterhin sehn,
von allem, was ich berührte,
nur deine Haut will ich weiter berühren:
ich liebe dein Orangenlachen,
du gefällst mir im Schlaf.

Was soll ich machen, Liebe, Geliebte,
ich weiß nicht, wie die übrigen lieben,
ich weiß nicht, wie man sich früher liebte,
ich lebe, indem ich dich sehe, dich liebe,
ganz einfach verliebt.
Du gefällst mir mit jedem Abend mehr.

Wo magst du sein? werde ich fragen,
wenn deine Augen verschwinden.
Wie lange säumt sie! denk ich und kränke mich.
Ich fühle mich armselig, traurig und dumm,

und kommst du, bist du ein Windstoß,
der her von den Pfirsichen weht.

Darum liebe ich dich und auch nicht darum,
wegen so vieler Dinge und so weniger,
und so soll die Liebe sein
halb abgeschlossen und allgemein,
eigen und schrecklich,
mit fliegendem Banner und in Trauer,
blühend wie die Sterne
und maßlos wie ein Kuß.

Katzentraum

Wie schön schläft eine Katze,
sie schläft mit Pfoten und Schwere,
schläft mit ihren grausamen Krallen
und ihrem blutgierigen Blut,
schläft mit allen Ringen,
die wie versengte Kreise
die Geologie eines sandfarbenen
Schweifs errichten.

Ich möchte wie eine Katze schlafen
mit allen Fasern der Zeit,
mit des Feuersteins Zunge,
dem trocknen Sexus des Feuers
und dann mit niemandem sprechen,
mich ausstrecken über die Welt,
über Dachziegel und Erde
angespannt darauf aus,
die Ratten des Traums zu jagen.

Ich hab gesehn, wie die Katze
im Schlafe dünte: es rann
durch sie wie dunkles Wasser die Nacht,
und zuweilen war sie im Begriff zu fallen,
war sie vielleicht im Begriff, hinabzustürzen
in nackte Schneeschluchten,
vielleicht wuchs im Schlaf sie so sehr
wie eines Tigers Urahn
und wollte im Finstern
auf Dächer, Wolken und Vulkane springen.

Schlafe, schlaf, nächtliche Katze
mit deinen Bischofszeremonien
und deinen steinernen Schnurrhaaren:
bestimme all unsere Träume,
lenke die Dunkelheit
unserer schlummernden Großtaten
mit deinem blutgierigen Herzen
und dem langen Hals deines Schweifs.

Leb wohl Paris

Wie schön der Seinefluß, Fluß der Fülle,
mit seinen aschgrauen Bäumen,
mit seinen Türmen und ihren Spitzen.

Und ich, was will ich hier?

Alles ist schöner als eine Rose,
eine zerzauste Rose,
eine hinfällige Rose.
Dämmerig ist diese Erde,
die Abenddämmerung und das Frührot
sind die beiden Schiffe des Stroms.
Und sie gleiten vorüber und kreuzen sich,
ohne sich zu grüßen, gleichgültig,
denn seit tausend mal tausend Jahren
kennen und lieben sie sich.

Es währt schon zu lange Zeit.

Rissig wurde der Stein und aufwuchsen
die gelben Kathedralen,
die außergewöhnlichen Fabriken,
und jetzt verschlingt der Herbst den Himmel,
er nährt von Wolken sich und Rauch,
er läßt sich nieder wie ein schwarzer König
an einem dunstigen Gestade.

Kein sanfterer Abend in der Welt!
Alles nimmt sich zur rechten Zeit zurück,
die grelle Farbe, der dumpfe Lärm,
einzig der Nebel blieb

und das Licht, in Bäume gehüllt,
zog sein grünes Gewand an.

Ich habe soviel in Chile zu tun,
mich erwarten Salinas und Laura,
und allen schulde ich etwas in meiner Heimat
und zu dieser Stunde ist der Tisch gedeckt
und wartet auf mich in jedem Haus,
andere warten auf mich, mich zu verwunden,
und außerdem sind da jene Bäume
mit eisenharten Blättern,
die meinen Kummer kennen,
meine Glückseligkeit, meine Schmerzen,
jene Flügel dort sind die meinen,
jenes ist das Wasser, das ich liebe,
das Meer schwer wie Stein,
höher als diese Bauten hier,
hart und blau wie ein Stern.

Und ich, was soll ich hier?

Wie kam ich in dieses Land?

Ich muß sein, wo man mich ruft,
um die Fundamente zu taufen,
um Sand zu mischen und Mensch,
die Schaufeln zu nehmen und die Erde,
denn wir haben alles zu verrichten,
dort auf der Erde, auf der wir geboren sind,
wir müssen das Vaterland gründen,
den Gesang, das Brot und die Freude,
wir müssen die Ehre reinhalten
wie die Fingernägel einer Königin,

und so werden im Winde wehn
die geläuterten Banner
auf den kristallhellen Türmen.

Leb wohl, Herbst von Paris,
blaues Schiff, geliebtes Meer,
Flüsse, Brücken, lebt wohl, leb wohl
knuspriges duftendes Brot,
tiefer und milder Wein, lebt wohl
und lebt nochmals wohl, Freunde, die mich liebten,
ich werde auf den Meeren singen
und kehre zurück, um Wurzeln zu atmen.
Meine Adresse ist unbestimmt, ich lebe
auf offner See und offner Erde:
meine Stadt ist die Geographie:
die Straße heißt: »Ich gehe«,
die Nummer »Um nicht zurückzukehren«.

Was geschieht nicht alles an einem Tag

In einem Tag werden wir uns sehen.

Doch an einem Tage wachsen Dinge,
verkauft man Trauben in der Straße,
wechselt der Tomaten Haut,
das Mädchen, das dir gefiel,
kehrte nicht mehr zurück ins Büro.

Sie wechselten über Nacht den Briefträger,
schon sind die Briefe nicht mehr dieselben.
Ein paar Blätter von Gold und er ist ein andrer:
dieser Baum ist ein Reicher nun.

Wer hätte geglaubt, daß die Erde
mit ihrer uralten Haut sich so sehr ändert?
Sie hat mehr Vulkane als gestern,
der Himmel hat neue Wolken,
die Flüsse strömen anders.
Und außerdem wieviel wird gebaut!
Ich habe Hunderte Chausseen,
Gebäude, Brücken, makellose
und schlank wie Schiffe
oder Geigen, eingeweiht.

Darum, wenn ich dich grüße
und deinen blühenden Mund küsse,
sind unsere Küsse andere Küsse
und unsere Münder andere Münder.

Gegrüßt, Liebe, gegrüßt sei alles,
was abstirbt und was erblüht.

Gegrüßt das Gestern und das Heut,
das Vorgestern und das Morgen.

Gegrüßt das Brot und der Stein,
gegrüßt das Feuer, der Regen.

Das, was sich ändert, geboren wird, wächst,
sich verbraucht und wiederkehrt als Kuß.

Gegrüßt sei das, was wir an Luft besitzen
und was wir an Erde haben.

Wenn unser Leben verdorrt,
bleiben uns nur die Wurzeln
und der Wind ist kalt wie Haß.

Dann wechseln wir die Haut,
Nägel, Blut und Blick,
und du küßt mich und ich geh hinaus,
Licht auf den Wegen verkaufen.

Gegrüßt sei die Nacht und der Tag
und die vier Jahreszeiten des Herzens.

Schreiben um Zusendung von Hölzern

Jetzt, um das Haus zu errichten,
schicke man mir Hölzer des Südens,
schicke man mir Bretter und Bohlen,
Balken, Latten, hölzerne Dachziegel,
ich will den Duft ankommen sehn,
will, daß sie tönen und den Klang
des Südens, der mit ihnen kommt, ausladen.

Wie kann ich leben so fern
von dem, was ich geliebt, was ich liebe?
Von den in Dampf und eisigen Dunst
gehüllten Jahreszeiten?
Obwohl er vor vielen Jahren
starb, muß mein Vater dort noch gehn
im Poncho, mit Regentropfen besät,
mit dem lederfarbenen Bart.

Der gerstenfarbene Bart,
der die Seitenpfade durchstreifte,
des Wolkenbruchs Herz,
und wenn jemand sich mit mir messen sollte,
solch einen umherschweifenden Vater zu haben,
einen so plötzlich auftauchenden Vater zu haben:
sein Zug zog voll Verzweiflung dahin,
zwischen den Felsen von Carahue,
auf den Strängen von Colli-Pulli,
in den Regengüssen von Puerto Varas.
Während ich Rebhühner beschlich
und wilde Käfer,
der Farbe des Blitzes nachspürte,
einem unauslöschlichen Duft nachspürte,

eigenmächtiger Blüte oder wildem Honig,
verlor mein Vater keine Zeit:
er errichtete über dem Winter
seiner Eisenbahnen Sonne.

Mir ging der Regen, der Wind verloren,
und was hab ich gewonnen, frage ich mich?
Weil ich den grünen Schatten verlor,
erstick ich zuweilen und sterbe:
Meine Seele ists, die sich nicht zufriedengibt
und unter meinen Schuhen sucht
nach aufgebrauchten oder verlorenen Dingen.
Vielleicht bewegt sich jene trostlose
Erde wie ein Schiff in mir:
ich aber wechselte den Planeten.

Der Regen kennt mich nicht mehr.

Und nun bringe man mir für die Wände,
die Fenster, den Fußboden,
für das Dach, für die Laken,
für Teller und Tisch
dunkle Hölzer,
geheimnisvoll wie das Bergland,
helle Bretter, rote Bretter,
Lärche, Haselnuß, Mañío,
Lorbeer, Raulí und duftschwere Ulme,
alles was heimlich
aufwuchs im Dickicht,
alles was aufwuchs mit mir:
sie haben mein Alter, die Hölzer,
unsere Wurzeln waren die gleichen.

Wenn die Türe aufgeht und einziehn
der Berglands Fragmente,
werde ich atmen und berühren,
was ich vielleicht weiter noch bin:
Holz der kalten Wälder,
hartes Holz von Temuco,
und dann werde ich sehn, wie der Duft
erbauen wird mein Haus,
aufrichten werden sich die Wände
mit dem Rauschen, das ich verlor,
mit dem, was in der Wildnis geschah,
und ich werde mich freuen, von soviel
Reinheit umgeben zu sein,
von soviel Schweigen, das
Zwiesprache halten wird mit meinem Schweigen.

Farewell

1

Aus deiner Tiefe und auf den Knien
blickt, traurig wie ich, ein Kind uns an.

Für jenes Leben, das glühn wird in seinen Adern,
müßten wir unsere Leben mit Stricken binden.

Für jene Hände, Töchter der deinen,
würden meine Hände einst töten müssen.

Für seine Augen auf Erden offen
werde in deinen ich eines Tags Tränen sehn.

2

Ich will's nicht, Geliebte.

Auf daß nichts uns binde,
daß nichts uns vereine.

Nicht das Wort, dem dein Mund Duft verlieh,
noch das, was die Worte nicht sagten.

Nicht das Liebesfest, das wir nicht begangen,
noch dein Geschluchz am Fenster.

3

(Ich liebe der Seeleute Liebe, die
küssen und weitergehn.

Sie lassen zurück ein Versprechen.
Sie kehren nie wieder zurück.

In jedem Hafen wartet ein Weib,
die Seeleute küssen und gehen davon.

Eines Nachts gehn sie schlafen mit
dem Tod in das Bett des Meers.)

4
Ich liebe die Liebe, die sich
in Küsse austeilt, Bett und Brot.

Liebe, die ewig währen
und die vergänglich sein kann.

Liebe, die befreien sich will,
um von neuem zu lieben.

Vergötterte Liebe, die kommt.
Vergötterte Liebe, die geht.

5
Schon geraten meine Augen in deinen nicht mehr in
Entzücken,
schon mildert an deiner Seite sich nicht mehr mein
Schmerz.

Wohin ich auch geh, trage ich deinen Blick doch in
mir,
und wohin du auch gehst, du trägst meinen Schmerz
in dir.

Ich war dein, du warst mein. Und was mehr? Wir waren
zusammen
eine Biegung am Weg, auf dem die Liebe vorüberzog.

Ich war dein, du warst mein. Du wirst dem, der dich liebt,
gehören,
der ernten in deinem Garten dann wird, was ich gesät.

Ich geh fort. Ich bin traurig; doch traurig bin ich jederzeit.
Ich komme aus deinen Armen. Weiß nicht, wohin ich jetzt
geh.

… Aus deinem Herzen sagt Lebwohl mir ein Kind.
Und ich sage ihm: Lebe wohl!

Die Wahrheit

Euch liebe ich, Idealismus und Realismus,
wie Wasser und Stein,
ihr seid
Teile der Welt,
Licht und Wurzel vom Baum des Lebens.

Schließt mir nicht die Augen,
selbst nicht nach dem Tode,
ich brauche sie noch immer um zu lernen,
um zu betrachten, zu begreifen meinen Tod.

Ich brauche meinen Mund
um, wenn ich nicht mehr da bin, auch zu singen.
Und mein Herz und meine Hände, meinen Leib
um dir zu folgen, in Liebe, Geliebte.

Ich weiß, es kann nicht sein, doch will ich es.

Ich liebe was nur Träume hat.

Ich habe einen Garten voller Blumen, die nicht existieren.

Ich bin entschieden triangular.

Ich vermiß noch immer meine Ohren,
jedoch ich wickelte sie ein, um
in einem Flußhafen im Innern
der Republik Malagueta sie zu lassen.

Ich vermag die Vernunft nicht mehr auf meiner Schulter zu
tragen.

Ich möchte das tägliche Meer erfinden.

Da kam einmal, mich zu sehen,
ein großer Maler, der Soldaten malte.
Alle waren sie heroisch, und der Gute
malte sie auf dem Schlachtfeld,
wie sie mit Vergnügen starben.

Auch realistische Kühe malte er
und sie waren so über alle Maßen Kuh,
daß man melancholisch wurde
und geneigt, für allezeit wiederzukäuen.

Greuel und Entsetzen! Ich las Romane,
unendlich rechtschaffene,
und so viele Verse über
den Ersten Mai,
daß ich jetzt nur noch über den 2. dieses Monats
schreibe.

Wie es scheint, tritt
der Mensch die Landschaft zu Boden,
und die Landstraße, die zuvor Himmel hatte,
drückt jetzt uns nieder
mit ihrer kommerziellen Hartnäckigkeit.

Also pflegt sie vorbeizuziehn mit der Schönheit,
als wollten wir diese nicht kaufen
und einpacken nach ihrem Geschmack und auf ihre Art.

Man sollte es zulassen, daß die Schönheit
mit den unmöglichsten Galanen tanzt,
bei Tag und bei Nacht:

Nötigen wir sie nicht, die Pille der Wahrheit
einzunehmen als eine Medizin.

Und das Reale? Ebenfalls, da besteht kein Zweifel,
doch es soll uns steigern,
soll uns größer machen, uns kaltblütig machen,
soll uns druckfertig machen
des Brotes Geheiß sowohl wie das der Seele.

Säusle! befehl ich
dem reinen Wald,
auf daß er heimlich sein Geheimnis nenne,
und zur Wahrheit: Halte dich nicht so zurück,
bis du zur Lüge dich verhärtest.

Ich bin nicht Chef von irgendwas, ich dirigiere nicht,
und somit häufe ich an
die Irrtümer meines Gesanges.

Matilde, ich nenn dich Pflanze, Stein oder Rebe,
du bist, was aus der Erde wächst und währt,
Wort in dessen Dehnung erwacht,
in dessen Hitze aufspringt das Licht der Limonen.

In deinem Namen fahren Schiffe aus Holz,
umschwärmt von marineblauem Feuer,
in seinen Buchstaben die Wasser eines Flusses,
der in meinem verdorrten Herzen mündet.

Oh Name unter einer Ackerwinde gefunden.
Du gleichst der Tür zu einem unbekannten Tunnel,
der mit den Düften der Erde kommuniziert!

Oh dringe in mich mit deinem brennenden Mund,
erkunde mich, wenn du magst, mit deinen nächtlichen
Augen,
nur laß mich in deinem Namen zur See fahren und
schlafen.

Hätten deine Augen nicht von Luna ihre Farbe,
tagsüber sind sie Töpfererde, Mühsal, Feuer,
gefangen hältst du die behende Leichtigkeit der Luft,
und wärst du nicht eine Woche aus Bernstein,

nicht der gelbe Augenblick, in dem der Herbst
sich höherwindet in den Kletterpflanzen,
und bist dazu noch das Brot, geformt mit Sorgfalt
vom duftenden Mond, der sein Mehl übern Himmel
    spazierenführt,

würde ich dich, oh Geliebte, niemals lieben!
In deiner Umarmung umarme ich das Bestehende,
den Sand, die Zeit, den Regenbaum,

und alles lebt, damit ich lebe:
ohne Umweg kann ich alles erkennen:
seh ich dein Leben, seh ich alles Leben.

Hungrig bin ich, will deinen Mund, deine Stimme, dein
Haar,
und durch die Straßen zieh ich ohne Nahrung, schweigend,
nicht sättigt mich das Brot, die Frühe läßt mich schwanken,
ich suche den fließenden Klang deiner Schritte am Tag.

Mich hungert nach dem Fehltritt deines Lachens,
nach deinen Händen, von bebender Kornkammer gefärbt,
ich habe Hunger nach der blassen Kuppe deiner
Fingernägel,
deine Haut möcht ich essen wie die ungebrochne Mandel.

Den Blitz begehr ich, der sich in deine Schönheit gebrannt,
die souveräne Nase im arroganten Gesicht,
möcht essen den flüchtigen Schatten deiner Wimpern

und hungrig geh ich hin und her, witternd in der
Dämmerung,
und wie ein Puma in der Einsamkeit von Quitratúe
suche ich dein brennendes Herz.

So ganz Frau, fleischlicher Apfel, Luna hitzig,
dichtes Arom nach Algen, Schlamm und Licht zerstampft:
welch dunkle Helle öffnet sich zwischen deinen Säulen?
Welch uralte Nacht berührt der Mann mit seinen Sinnen?

Ach, Lieben ist eine Reise mit Wasser und mit Sternen,
mit erstickter Luft und jähen Stürmen aus Mehl;
Lieben ist ein Kampf mit Blitz und Wetterleuchten,
und um des einen Honigs wegen zerfließen da zwei Leiber.

Kuß auf Kuß umkreise ich deine kleine Unendlichkeit,
deine Bilder, deine Flüsse, deine winzigen Dörfer,
und das in Entzücken verwandelte Feuer des Geschlechts

eilt durch die engen Bahnen des Blutes,
hinabstürzend wie eine nächtliche Nelke,
endlich ein Blitz im Schatten zu sein und nicht zu sein.

Ich liebe dich nicht, wie ich eine Rose aus Salz lieben
würde,
einen Topas, einen Nelkenpfeil, der das Feuer entfacht:
ich liebe dich, wie man die dunklen Dinge liebt,
heimlich, zwischen Seele und Schatten.

Ich lieb dich wie die Pflanze, die nicht blüht und die
in ihrem Innern andrer Blumen Licht versteckt,
und dank deiner Liebe lebt in meinem Leibe dunkel
das dichte Arom, das aufstieg aus der Erde.

Ich lieb dich und weiß nicht wie noch wann und wo,
ich lieb dich geradezu ohne Fragen noch Übermut:
so lieb ich dich, weil anders ich nicht lieben kann,

vielmehr auf diese Weise, in der ich und du nicht sind,
so nah, daß deine Hand auf meiner Brust ganz mir gehört,
so nah, daß ich in meinem Schlaf deine Augen schließe.

Du kommst aus der Armut der Häuser im Süden,
aus den rauhen Regionen von Erdbeben und Kälte,
deren Götter, als sie einst zu Tode stürzten,
uns das Leben lehrten in der Erde Spur.

Du, Liebste, bist ein Pferd aus schwarzem Ton,
ein Kuß aus dunklem Lehm, Mohnblume aus Kreide,
des Abends Taube im Flug über Weg und Steg,
irdene Sparbüchse voll der Tränen unsrer armen Kindheit.

Kind, du hast dir das Herz der Armen bewahrt,
armer Leute Füße, die den Weg der Steine kennen,
ein Mund, der kaum den Geschmack von Brot und Lust
gekannt.

Du bist der arme Süden, von da kommt auch meine Seele:
deine Mutter in ihrem Himmel wäscht noch immer die
Wäsche
mit meiner Mutter. Deshalb, Gefährtin, hab ich dich
erkoren.

Du weißt, ich liebe dich und lieb dich nicht,
da ja das Leben, wie man weiß, zwei Seiten hat,
das Wort ist des Schweigens Flügel,
Kälte ist das Feuer in seiner Mitte.

Ich liebe dich, um mit der Liebe anzufangen,
um noch einmal mit dem Unendlichen zu beginnen,
und um nie aufzuhören, dich zu lieben:
dies kann der Liebe Grund nicht sein.

Ich liebe dich und lieb dich nicht, als hielt'
ich den Schlüssel zum Glück in Händen
sowie ein Schicksal, ungewiß und unheilvoll.

Meine Liebe hat, dich zu lieben, zwiefach Leben.
Deshalb liebe ich dich, wenn ich dich nicht liebe,
und deshalb liebe ich dich, wenn ich dich liebe.

Entferne dich von mir nicht einen Tag, weil –,
wie soll ich's sagen, ein Tag lang ist,
und ich auf dich warten werde wie auf Bahnhöfen,
wo im Irgendwo schlaftrunkne Züge stehen.

Geh nicht weg, und sei's für eine Stunde, weil
dann versammeln sich die Tropfen der Schlaflosigkeit
und womöglich der Rauch, der eine Wohnstatt sucht,
wird kommen und töten mein verlorenes Herz.

Ach, deine Silhouette soll nicht brechen im Sand,
deine Augenlider nicht in der Abwesenheit fliehn,
ach, Vielgeliebte, geh nicht fort für eine Minute!

Denn in dieser Minute wirst du so weit fort sein,
daß ich über die Erde ziehen müßte und mich fragte,
ob du zurückkehrst oder mich dem Sterben überläßt.

Zwei Liebende im Glück bilden einen Laib,
einen einzigen Tropfen Mond im Grase,
führen zwei Schatten spazieren, die sich vereinen,
lassen eine unbeschäftigte Sonne zurück in einem Bett.

Von allen Wahrheiten gehört ihnen der Tag:
nicht Garn hat sie gebunden, aber ein Duft vereint,
zerpflückt haben sie den Frieden nicht und nicht die Worte.
Das Glück ist ein durchsichtiger Turm.

Luft und Wein sind der Liebenden Begleiter,
die Nacht beschenkt sie mit seligen Blumenkronen,
und Anspruch haben sie auf alle Nelken.

Zwei Liebende im Glück kennen weder Ende noch Tod,
solange sie leben, werden sie vielfach geboren und sterben,
in ihnen wirkt Natur in ihrer Ewigkeit.

Arme Poeten, verfolgt im Leben wie im Tode
von gleicher zähfließender Schatten Dichte,
um dann von gefühllosem Pomp bedeckt zu werden,
dem was der Brauch ist überlassen und dem Zahn der Zeit.

Dann – farblos wie graue Kiesel – ausgestreckt
liegen sie hinter den hochtrabenden Pferden,
nun endlich im Griff der Besserwisser,
und ihr Schlaf, begleitet von Dekanen, ist ohne Ruh'.

Zuvor, und weil sie sicher sind, daß der Tote tot ist,
machen sie aus dem Leichenbegängnis ein miserables Fest
mit Pfauen, Schweinen und sonstigen Rednern.

Sie haben seinen Tod vorausgesagt und ergo ihn geschmäht:
nur weil sein Mund nunmehr verschlossen ist
und sein Lied die Antwort nicht mehr geben kann.

Des Südens großer Regen fällt auf Isla Negra,
ein einzger Tropfen nur, durchsichtig und schwer,
das Meer öffnet sein Blattwerk, ihn zu empfangen,
die Erde lernt, was die Bestimmung eines Kelches ist.

Du meine Seele, gib mir in deinem Kuß das nach Salz
schmeckende Wasser dieser Monde, Honig des Landes,
den von tausend Himmelslippen feuchten Duft,
des Meeres heilige Geduld zur Winterzeit.

Etwas ruft nach uns, von selber gehen alle Türen auf,
den Fenstern raunt das Wasser ein langes Gerücht zu,
es wächst der Himmel erdwärts und berührt die Wurzeln,

und es webt und trennt der Tag sein Himmelsnetz,
nimmt Zeit, Salz, Seufzer, Wachstum, Wege,
ein Weib, einen Mann sowie den Winter auf Erden.

Sterb ich, so überlebe mich mit all deiner reinen Kraft,
daß du erweckst den Zorn der fahlen Furie und der Kälte,
von Süd nach Süden hin erhebe deine unauslöschlichen
Augen,
von Sonn zu Sonne soll dein Gitarrenmund erklingen.

Will nicht, daß dein Lachen und deine Schritte zögern,
will nicht, daß meines Frohsinns Erbe stirbt,
klopf nicht an meine Brust, ich bin nicht da.
Lebe in meiner Abwesenheit wie in einem Haus.

Die Abwesenheit ist ein so großes Haus,
du kannst durch seine Wände treten
die Bilder aufhängen in der Luft.

Ein so durchsichtiges Haus ist die Abwesenheit,
daß ohne Leben ich dich am Leben sehen werde,
und leidest du, mein Lieb, sterb ich ein zweites Mal.

Andere Tage werden kommen, verstehen wird man
das Schweigen der Pflanzen und Planeten,
und so viele lautere Dinge werden sein!
Nach Mond duften werden die Violinen!

Das Brot wird womöglich so sein wie du:
es wird deine Stimme haben, deine weizenhafte Herkunft,
und noch etwas wird mit deiner Stimme reden:
des Herbstes verlorene Pferde.

Auch wenn es nicht so kommt, wie es sollte,
so wird doch Liebe große Fässer füllen
wie ehedem der Hirten Honig,

und im Staube meines Herzens
(mit seinen Riesenkramläden)
wirst du unter Wassermelonen wandeln.

Einführung in mein Thema

Zur Osterinsel und den Erscheinungen
fahr ich, satt von Türen und Straßen,
zu suchen, was ich dort nicht verloren.
Der Januar, der dürre Monat,
gleicht einer Ähre:
Sein gelbes Licht hängt an Chile,
bis ihn wegschwemmt das Meer und ich
aufs neue fort und heimwärts fahre.

Statuen hat die Nacht erbaut und
zum geschloßnen Kreis gestreut, auf daß
niemand erblicke sie, allein das Meer.

(Zu bergen fuhr ich, sie aufzurichten
an meiner verschollenen Wohnstatt.)

Und hier, graue Erscheinungen ringsum
und Weltraumweiß, blaue Bewegung,
Meerwasser, Wolken, Stein, beginne ich
von vorn die Leben meines Lebens.

Ode an das Pferd

Der Hengst damals, allein und angekettet
auf karger Koppel
in meinem Land,
die klägliche Mähre
ist Erinnerung,
heute aber,
wo sich auf das Aufblitzen,
auf das jähe Licht meiner Ode hin
alle Pferde einfinden,
ist auch der Vergessene wieder da,
der Geprügelte,
der aus den Wäldern Brennholz
und aus Steinbrüchen, von Steilküsten
peinigende
Quader heranschleppte,
er,
er galoppiert nicht
mit im Wind wehender
Flammenmähne,
eingefallen ist seine Kruppe,
er ist kein Apfel im Schnee,
nein.
Er lahmt; kaum kann er
auf seinen vier Beinen sich halten,
sein unbeweglicher Kopf
ist ein Turm
der Trauer,
so kommt er
zu meiner Ode,
so kommt der Hengst, auf daß ich von ihm dichte.

Über alle harten Wege ist er getrabt,
bekam wenig zwischen seine gelben Zähne,
wenig zu trinken auch – sein Besitzer
tränkte es ihm mehr ein, als daß er ihn tränkte –,
dürr ist mein Freund,
die Knochen
stehen ihm aus dem Rücken,
hager die Seele, wie eine Geige,
und müde das Herz,
das Fell – ein Teppich in einer Vorstadtwohnung.

Ach, schaut man ihn an, rührt man ihn an,
sieht man seine vielen Knochen,
den von den Rippen geschützten Schrein,
die morschen Schenkelknochen, abgesackt
in die verarbeiteten Knie,
und den Schädel, diesen Dom aus Haut und Knochen,
mit zwei Altären,
darin zwei gütige Pferdeaugen wohnen.

Die sahen mich an, und aus ihnen sprach
ein umfassendes, ein ausgedehntes Leiden,
ein Leid, so schwer wie Asien,
das sich halb verdurstet, halb versandet dahinschleppt,
und dies arme, ruhlos umherziehende Pferd
hatte etwas in seiner Güte, wonach
ich suchte, vielleicht
sein illusionsloser Glaube.

Seitdem suche ich nach diesem Blick
in mir, der dem vielen Leid trotzt,
das Mensch und Pferd erlitten,
und mag den sanften Hasen nicht mehr,

nicht den Löwen und nicht den Falken,
auch die dolchbewehrten Haie nicht,
nur noch diese Art zu schauen,
nur noch diese Augen,
aus denen unverwandt
die Ruhe der Trauer blickt.

Vielleicht interessiert sich jemand
mehr für den wohlgeformten,
geflügelten, geschmeidigen
Hengst, das reinrassige
Reitpferd,
den Stolz der Paraden,
den kugelschnellen Renner.
Nun, dessen Wespengrazie
preise ich ja auch,
die Linie in Pfeilform
vom Maul bis zum Schweif
und hinab, über die metallenen Fesseln
bis zu den unruhigen flinken Hufen.

Doch, vielleicht kommt das Segel eines
    Segelboots,
die Klarheit einer geliebten Hüfte,
der Kamm der Welle, bevor sie bricht,
der Schönheit, der dahinschießenden
Arabeske eines solchen Pferdes,
seinem dem Flug eingeprägten Bilde,
seinem Abdruck im Tau ja noch am nächsten.

Meine Ode aber fliegt
nun einmal nicht mit dem Wind,
rast nicht mit dem Kriege

und nicht mit dem Jubel:
Meine Dichtung hat einen Fuß
vor den andern gesetzt, ist um die Welt getrabt,
hat steinige Wege in sich hineingefressen,
am Tisch gegessen
mit den Elenden,
im eisigen Gasthaus der Armut,
und ich verdanke mich
diesen Steinen
auf dem Weg,
dem Durst, des Streuners Geißel,
und wenn ich dem Morgenrot Glanz abgewann,
wenn ich mit Leid meine Siegesgesänge erkaufte,
dann gebe ich den duldend
erworbenen frischen Lorbeerkranz,
das Licht, das ich den Lebenden errungen,
jetzt hin, auf daß ein Pferd man ehre,
ein Pferd, das Lasten, Regen, Hiebe ertragen
und Hunger, unnahbare Einsamkeit und Kälte,
das nicht weiß, wozu es lebt, nicht einmal das,
und dennoch weiterläuft und seine Bürde schleppt
gleich uns geprügelten Menschen,
die keine Götter haben, nur die Erde,
Erde, die gepflügt sein will, durchwandert, und sich,
einmal genug gepflügt und durchwandert,
auftut für des Pferds Gebeine
und für unsere Gebeine.
        Ach, Armeleute-
pferd, Zugpferd,
ziehen wir denn
zu zweit durch diesen unwirtlichen Raum,
auch wenn du nie erfährst, ob mein Verstand
dich, armer Bruder, zu lieben taugt,

und mein Herz, zu dichten diese Ode,
und meine Hände, dir über dein weiches Maul zu
streichen!

An Chile auf der Heimfahrt

Heimat, wieder einmal kehre ich heim an meinen
Bestimmungsort.
Aus den Städten komme ich und den Wäldern,
aus dem Meer komme ich, aus allen Sprachen.
Was ich sah, verwahrte ich unter meinen Augen.
Was ich berührt, bargen meine Hände.
Was ich gehört, trage ich,
in die Falten meiner Stirn geschrieben, bei mir.

Jünger und zugleich älter
bin ich auch diesmal bei der Rückkehr:
Jünger dank der Liebe, Liebe, Liebe,
älter einfach so, oder weil die Uhren,
die Monate und spitzen Zähne
des Kalenders an mir nagen.

Was ich war in der Ferne, was ich erfuhr,
ich habe es bei mir, lege es,
zu deinen Füßen hier, in deine Haare,
rauh sanfte Geliebte, winzige Heimat.
Immer habe ich dich nur beschenkt,
beschenkt mit dem, was mein war und mir nicht
gehörte,
abgenutzt mich für dich wie das Werkzeug, dessen
Erz am Ende in die Erde zurücksinkt.

Unterwegs war ich unter Menschen,
auf Märkten,
in der Elektrizität der Kraftwerke,
las Gedanken auf, Steine, Blumen
und manches mehr, und was immer

ich liebte, meine kleine Heimat, was ich erwarb oder
geschenkt bekam,
für dich allein nahm ich's, zu deiner Zierde,
um dich zu besingen, schmalhüftiges Land.

Wo ich auch hinkam, harrten meiner
Freundschaft, Liebe, Sanftmut,
wo ich auch hinkam, ward ich geehrt,
auf Plätzen aufgestellt,
mit Schmetterlingen überschüttet,
mit Liedern bestirnt,
ausgezeichnet mit Küssen.

Ich sprach: Ich bin nicht, mich gibt es nicht,
faßt mich an, und ihr werdet merken, ich bin nur Erde,
armes Geröll aus Chile, aus Chiles Flüssen,
rollender Gesang, blankgerolltes Herz.

Dank meinem Gesang
erblickten fremde Augen
das lange Band, das Territorium,
den Sand von Arica,
die Nacht überm Schiff, die auch
Antofagastas grauen Schlaf bestirnt,
und weiter unten
das blaue Volk der Trauben,
Kohle unterm Meer, Kohle unter der Erde
und dann, gefangen in der grünen Landschaft
geläutert von Sonne, den vielköpfigen Weizen.

Von deiner Zeit und deinem Leben,
deinem Morgenrot,
deinen Männern und deinen Frauen

hab ich gedichtet und gedichtet, von allen.
Die sturmumtosten Helden
stellte ich samt Wind und Degen
auf ihre stilechten
Sockel
aus Blut und Tau,
und doch war mir
im Umgang mit ihnen
und im Kampf
mein Volk lieber, das mit seinen Händen
die Erde aufbricht
und Kupfer, Salz, Zwiebeln,
Meeresfische, Sulphate,
Schuhwerk, Wein, Bahnen
hervorholt und bewegt, hochwuchtet
und absetzt
ohne Ende.

Keiner steht hier still.

Mein Volk ist Bewegung.

Mein Land eine Straße.

So kehre ich mit meinem Lied
denn heim in meine Heimat,
dabei weiß ich, was mich erwartet.
Nestbeschmutzer, wird der Minister sagen,
die Dummen werden die Lüge nachbeten,
und Pachacho, der Wurm, der mit galletriefender Feder
sein »M« auf den Seiten des *Mercurio* verspritzt,
wird meinen Namen mit seinem Stil bekleckern.
Das Bürschchen, das groß

herauskommen wollte, das mein Brot und mein Wort aß,
wird dienstbeflissen rufen:
»Schnell die Toten gegen seine lebendige
Dichtung zusammenschließen!«,
und gießt somit neben meinem Schatten
einen Schwall Unrat auf den bitteren Baum des Neids.

Heimat, verzeih mir dies eine Mal, daß ich
aus der Ferne dir Lorbeer mitbringe.
Vergrab ihn in deinem lichten Boden,
verwahr ihn, wo deine Fahnen wurzeln.

Denk einfach, ich war nie fort, bin nie zurückgekommen,
übertöne meine Stimme, stopf mir den Mund,
laß nicht zu, daß ich berührt oder gesehen werde.

Ich kämpfe längst um anderes:

Nur noch für mein Volk soll

unangetastet bleiben meine unverletzliche Liebe.

Ode an die zerbrochenen Dinge

In meiner Wohnung
gehen Dinge kaputt,
als tippte ein unsichtbarer,
vorsätzlicher Zerstörer sie an:
Meine Hände sind es nicht,
auch nicht die deinen,
die jungen Mädchen waren's nicht
mit den harten Fingernägeln
und planetenschweren Schritten,
nichts war es, niemand,
nicht der Wind,
nicht der orangengelbe Mittag,
nicht die irdische Nacht,
weder die Nase noch der Ellbogen
noch die anschwellende Hüfte,
der Knöchel,
auch die Luft nicht:
Der Teller zersprang, die Lampe kippte um,
eine Vase nach der anderen
schlug hin, die eine
mitten im
scharlachroten Oktober,
erschöpft von den vielen Veilchen,
die andere war leer
und rollte, rollte, rollte
durch den Winter,
bis sie nur noch Staub
von einer Vase war,
zerscherbte Erinnerung, leuchtender Puder.
Und die Uhr,
deren Ticken

unseres Lebens Stimme
war,
der geheime
Faden
zwischen den Wochen,
die all die Stunden
einzeln
an den Honig, an die Stille band,
an die vielen Geburten und Mühen,
auch die Uhr
fiel herab, und zwischen den Scherben
vibrierten
ihre feinen blauen Eingeweide,
ihr langes aufgerolltes
Herz.
Das Leben zermahlt
Glas, verschleißt Wäsche,
macht Kleinholz,
stampft
Formen ein,
und was überdauert, wird mit der Zeit
zum Eiland oder Schiff im Meer,
hinfällig,
umgeben von zerbrechlichen Risiken,
gnadenlosen Wassern und Gefahren.
Stecken wir alles, Uhren, Teller,
frostgeschliffene Gläser doch gleich
in einen Sack und schleppen
unsere Schätze ans Meer:
Soll unser Besitz auf einem einzigen
scheppernden Scherbenhaufen zerkrachen,
soll tosen wie ein Fluß,
was zerschellt,

und soll das Meer sie in geduldiger
Gezeitenarbeit wieder zusammensetzen,
die vielen nutzlosen Dinge,
die niemand zerschlägt und die
dennoch zerschlagen werden.

Geburt

Ein Mensch kam zur Welt
zwischen vielen
die geboren wurden,
er lebte unter vielen Menschen
die da lebten,
und das umfaßt keine Geschichte,
nur Erde,
Chiles zentrale Erde, wo
die Weinstöcke ihre grünen Mähnen krausen,
die Traube vom Lichte sich nährt,
der Wein unter des Volkes Füßen entspringt.

Parral heißt der Ort,
an dem ich zur Welt kam,
im Winter.

Schon existieren
nicht Haus noch Straße:
Die Cordillere ließ
ihre Rosse los,
es ballte
die abgründige
Gewalt sich zusammen,
hoch sprangen die Berge
und niederstürzte das Dorf,
umzingelt
vom Beben der Erde.
Und so wurden Lehmmauern,
Bildnisse an den Wänden,
wacklige Möbel
in den dunklen Räumen,

von Fliegen unterbrochnes Schweigen,
alles wurde
wieder Staub:
Wenige nur behielten wir
Gestalt und Blut,
wenige nur, und der Wein.

Weiter lebte der Wein,
bis hinauf zu den vom
Herbst,
dem schweifenden,
abgebeerten Trauben,
bis zu den dumpfen Keltern
und Fässern hinab stieg er,
die sich färbten mit seinem milden Blut,
und dort unterm Entsetzen
der schrecklichen Erde
verbleibt er nackt und lebendig.

Ich habe keine Erinnerung
an die Landschaft, an die Zeit,
an Gesichter nicht noch an Gestalten,
nur an pulvrigen Staub,
den Schweif des Sommers
und den Friedhof, wohin
man mich führte,
zwischen Gräbern den Schlaf
meiner Mutter zu sehn.
Und da ich nie ihr Gesicht
geschaut,
rief ich sie zwischen den Toten, auf daß ich sie sähe,
jedoch, wie die übrigen Begrabenen all
weiß sie nicht, hört sie nicht, gab sie keine Antwort,

und dort blieb sie allein, ohne ihren Sohn,
ausweichend, scheu,
unter den Schatten.

Von dorther stamm ich, aus jenem
Parral der bebenden Erde,
traubenüberladenen Erde,
die da aufsprießen
von meiner toten Mutter her.

Jene Leben

Das bin ich, werde ich sagen, um diesen
Vorwand niedergeschrieben zu lassen: das ist mein
Leben.
Und man weiß schon, daß man es nicht vermochte:
daß in diesem Netz nicht nur der Faden zählt,
auch die Luft, die den Netzen entwischt,
und alles übrige war nicht greifbar:
die Zeit, die wie ein Hase lief
quer durch den Tau des Februar
und besser für uns nicht von der Liebe zu sprechen
die sich wie eine Hüfte bewegte
nichts hinterlassend, wo soviel Feuer war,
als ein Löffel voll Asche
und so mit so vielen Dingen die davonflogen:
der Mann der, deutlich glaubend, erwartete
die Frau die lebte und die nicht leben wird,
alle dachten, daß sie Zähne haben,
Füße und Hände haben und das Alphabet,
das Leben nur Ehrensache sei.
Und dieser heftete seine Augen an die Geschichte,
ergriff die Siege der Vergangenheit,
eignete für immer sich das Dasein an
und einzig diente das Leben ihm
um zu sterben: die Zeit um sie nicht zu haben.
Und die Erde schließlich um ihn zu begraben.
Doch jener wurde mit so viel Augen geboren
wie Planeten hat das Firmament
und all das Feuer womit es verzehrte
verzehrte sie ohne Unterlaß bis es sie ließ.
Und wenn in meinem Leben ich etwas sah so war es ein
Abend

in Indien, an den Ufern eines Stromes:
eine Frau aus Fleisch und Knochen brennen
und ich weiß nicht war es die Seele oder war es der Rauch
was aus dem Sarkophag da aufstieg
bis weder Frau noch Feuer übrigblieb
weder Sarg noch Asche: es war schon spät.
Und Nacht nur und Wasser und Schatten und Strom
dauerten dort im Tode weiter.

Einer

Weil löchrig und spindeldürr,
verstand ich mich mit den Nadeln,
rasch ward ich eingesponnen,
und das fand bis heute kein Ende.

Die Liebe, die ich dir schenke,
mein Nadelweib, meine Frau,
spult sich dir auf im Ohr,
das feucht ist vom Wind in Chillán,
spult sich dir ab in den Augen,
aus denen die Wehmut quillt.

Kaum schmeichelhaft ist die Erklärung
für mein immer gleiches Geschick,
meine Eitelkeit hat mich verführt
zu erstaunlichen Heldentaten:
Hab Fische geangelt im Sand,
auch bohrt ich manch Loch in die Luft,
fraß in mich hinein alle Glocken.
Und tat doch im Grunde wenig
oder tat im Grunde doch nichts,
schlüpfte nur in eine Gitarre
und sprang singend wieder heraus.

Wein

Dies ist mein Kelch, siehst du
das Blut blinken
hinter dem geschliffenen Glas?
Dies ist mein Kelch, ich trinke
auf die Einheit
des Weins,
auf das rieselnde Licht,
auf mein Geschick und auf fremde Geschicke,
auf was ich hatte und was ich nicht hatte,
und auf die blutfarbene Klinge,
die zu dem klaren Kelch singt.

Das Wort

Zerknittern will ich diesen Ausdruck,
verbiegen will ich ihn,
jawohl,
er ist zu glatt,
er ist, als hätte ein großer Hund oder großer Fluß
ihn abgeleckt und abgespült
viele Jahre lang.

Am Wort soll man
das Rauhe sehen,
das Eisensalz,
der Erde
zahnlose Kraft,
das Blut
derer, die gesprochen und die nicht gesprochen haben.

Den Durst will ich sehen
in den Silben,
das Feuer berühren
im Klang.
Das Dunkle will ich spüren
im Aufschrei. Worte
will ich, so rauh
wie unberührte Steine.

Die Insel

Liebste, mein Lieb, uns trennt
ebensoviel Meer wie Schnee und Ferne,
Winzige du, Rätselhafte, umringt
von Ewigkeit, dir danke ich
nicht allein deinen Mädchenblick,
dein verborgenes Weiß, heimliche Rose,
auch das moralische Strahlen deiner Statuen,
den lässigen Frieden, den in meine Hände du gelegt:
den Tag, der innehält in deinem Schlund.

Tag für Tag Matilde

Heute zu dir: Lang gewachsen bist du
wie der Leib von Chile, und zart
wie eine Blüte des Anisbaums,
und an jedem Zweig wahrst du ein Zeugnis
unserer unauslöschlichen Frühlinge:
Welcher Tag ist heute? Dein Tag.
Und morgen ist gestern, kein Tag aus deinen Händen
hat einen andern abgelöst, keiner ist vergangen:
Du bewahrst die Sonne, die Erde, die Veilchen
in deinem kleinen Schatten, wenn du schläfst.
Und so schenkst du mir
jeden Morgen das Leben.

Diese geborstene Glocke …

Diese geborstene Glocke
will dennoch singen:
Das Metall ist nun grün,
Waldfarbe hat die Glocke,
Farbe des Wassers von Weihern im Wald,
Farbe des Tages auf den Blättern.

Die geborstene grüne Bronze,
die Glocke, die auf den Mund
und in Schlummer gefallen,
wurde von Winden umwunden,
und ihre hartgoldene Bronzefarbe
ist zur Froschfarbe geworden:
Die Hände des Wassers waren es,
die Feuchtigkeit der Küste,
sie haben dem Metall das Grün,
der Glocke die Zartheit verliehen.

Diese geborstene Glocke,
hergeschleift ins rauhe Gestrüpp
meiner Gartenwildnis,
eine grüne, verwundete Glocke,
birgt ihre Narben im Gras:
Niemanden ruft sie mehr, niemand versammelt sich
um ihren grünen Pokal,
nur ein Falter findet sich ein, flügelschlagend
auf dem gestürzten Metall, und fliegt davon,
fliehend mit gelben Flügeln.

»Dereinst kommst du mit mir« – sprach ich und keiner
    wußte,
wie und wo der Schmerz qualvoll mich bewohnte,
und mein waren weder Nelke noch Barkarole,
nichts, eine offene Wunde nur, von der Liebe geschlagen.

Und abermals: »Komm mit mir«, als müßte ich sonst
    sterben,
und keiner der in meinem Mund den blutenden Mond sah,
keiner der das Blut sah, das ins Schweigen stieg.
Liebste, ach! Laß uns den Stern vergessen mit den Dornen.

Deshalb, als deine Stimme wiederholte:
»Dereinst wirst du mit mir kommen« –, war es,
als löstest du dem Schmerz, der Liebe und dem Wein,

der in seinem Keller begraben nun aufsteigt, die Fesseln,
und von neuem schmeckt mein Mund die Flamme,
das Blut und die Nelken, den Stein und das Brandmal.

Heut ist heute mit all dem Gewicht vergangner Zeit,
auf ihren Flügeln was das Morgen bringt,
heut ist das Meer des Südens, des Wassers hohes Alter,
und die Dichtung eines neuen Tags.

Dein Mund, dem Lichte oder dem Monde zugewandt,
lockt die Blüten an eines verbrauchten Tages.
Und auf der Schattenstraße trottet das Gestern,
damit wir dein Gesicht erinnern, das gestorben ist.

Heute, Gestern, Morgen verschlingen sich im Gehen,
es verzehrt sich unser Tag wie eine brünstige Kuh,
und es wartet unsere Herde und gezählt sind ihre Tage,

in dein Herz aber streute die Zeit ihr Mehl,
meine Liebe baute einen Ofen mit Lehm aus Temuco:
für meine Seele bist du mein täglich Brot.

Abschied von den Geschöpfen des Meeres

Kehrt zurück! Kehrt zurück zum Meer
von diesen Seiten!

Fische, Meeressäuger, Algen
entkommen der Kälte,
kehrt zurück zum Gürtel
des Ozeans,
zum flüchtigen Kuß
der Welle,
zur verborgenen Vernunft
der Klippe!

O ihr Unsichtbaren,
Nackten, Untergetauchten,
Ungreifbaren.
Es ist Zeit
zu teilen und zu trennen:
Das Papier schreit nach mir,
die Tinte, die Bleistifte,
die Druckereien, die Briefe,
die Schachteln,
die Buchstaben und die Ziffern
treffen sich im Lager
von wo aus
sie mir nachstellen: die Frauen
und die Männer
begehren meine Liebe, verlangen meine Gesellschaft,
die Kinder von Petorca,
von Atacama, von Arauco, von Loncoche
wollen spielen mit mir!

Mich erwarten ein Zug, ein Schiff
gefüllt mit Äpfeln,
ein Flugzeug, ein Pflug,
einige Ähren.

Adios, organisierte
Wesen des Wassers, lebt wohl
Langusten gekleidet
wie Kaiser,
ich werde ihr werdet zurückkehren
zur Einheit zur Stunde noch
gebrochen.
Ich gehöre dem Sand:
ich werde zurückkehren zum gekrümmten Meer
und zu seinen Früchten
und zu seiner Wut:
jetzt gehe ich
pfeifend
durch die Straßen.

Zum Geleit

Matilde Urrutia, des Dichters Muse, Geliebte, Gärtnerin, Köchin, Ehefrau und Biographin, hat ihn einmal einen »Dichter der Liebe« genannt. Eine einfache Definition, die dennoch auf eine Frage zielt: Dichtung ohne Liebe, ist das überhaupt möglich?

Neftali Ricardo Reyes y Basualto wurde am 12. Juli 1904 im kalten Süden Chiles, in Parral, geboren, einer Landschaft, die Lope de Vega das letzte Thule nannte und einen vom ewigen Regen bedrohten Vorhof der Hölle. Des Dichters Vater war Eisenbahner, er schuf mit seinen Fahrten eine neue Geometrie des Landes. Sein Sohn, der ihn begleitete, sah mehr die von spanischer Ausbeutung und Kolonialzeit verletzte Natur. Er versuchte ihr Sprache zu geben, wie wir sie in den unlängst gefundenen Schulheften von Temuco entdecken können, darin das erste Liebesgedicht an eine Frau steht: Es ist seine Stiefmutter, die ihm die früh verstorbene Mutter in Liebe und Aufmerksamkeit ersetzte. Der Vater verlacht das brotlose Kritzeln. Der verletzbare, vornehmlich in Schwarz sich kleidende Hungerpoet entkommt in die Phantasien der verruchten europäischen Dichter. Ein Baudelaire möchte er werden, aber auch ein lateinamerikanischer Walt Whitman. Er braucht ein Pseudonym, er nennt sich Pablo Neruda, nach dem Prager Dichter Jan Neruda aus dem späten 19. Jahrhundert.

Pablo Neruda, ein tellurischer Dichter, ist geboren. Der Leser dieser Auswahl von hundert Gedichten zum hundertsten Geburtstag des Nobelpreisträgers von 1971 wird eine merkwürdige Erfahrung machen: Hier hat ein Dichter das alte Ideal, ein Buch zu schreiben, das die ganze Welt, in ihrer Geographie, in ihren Phantasien, Schrecknissen und Schönheiten in sich einschlösse, auf seine Weise verwirklicht. Er hat sich selbst zum Buch gemacht und die Welt aufgefordert, sich ihm einzuverleiben.

Und er hat diese leibliche Erfahrung zunächst auf eine Weise gemacht, die ihn für immer zur Fata Morgana der Illusion hätte verurteilen können. Er wurde der Dichter der Liebe, die Liebesgedichte sind in diesem Werk Legion und erzählen die Biographie des Dichters auf ihre, oft skurrile Weise. Etwa die Erinnerung an jene Josie Bliss, die ihn in Rangun mit tödlicher Eifersucht verfolgte, so daß der Dichter mit dem nächsten Schiff nach Ceylon entkommt und an Bord den »Tango des Witwers« schreibt. Entkommt er nur den Frauen? Er muß den von Menschen gemachten Verhältnissen entkommen, und seine Odysee beginnt 1923 in Ceylon, wo er als chilenischer Konsul sich auf eine nicht endende diplomatische Laufbahn vorbereitet, die ihn nach Buenos Aires, Barcelona und Madrid, Paris und nach Mexiko bringt. Es ist die Zeit des spanischen Bürgerkriegs. In der Liebe zur spanischen Dichtung erwacht, was später der Einfachheit halber Nerudas »Hinwendung zum Kommunismus« genannt wird und was die Dichter seiner Generation als Möglichkeit zum Bau einer Welt der Gerechtigkeit und Schönheit, der Liebe und der Brüderlichkeit verstanden. Nerudas spätere Enttäuschung und Ernüchterung geben die Metaphern einzelner Gedichte (»Die Wahrheit«) nur zögernd preis. Die Aufgaben des »tellurischen Dichters« aber wachsen ins Unermeßliche, beginnt er doch die Welt in ihrer botanischen, kreativen, animalischen, geologischen Beschaffenheit zu entdecken und Proben davon in die Häuser zu bringen, die er zeit seines Lebens in Nähe des geliebten Meeres bauen wird. So entstehen die »Extravaganzenbreviere« und die zahllosen Oden an die einfachen Dinge, die uns am Leben halten. Sein letztes Haus wird 1973, wenige Wochen vor seinem Tod am 23. September, von der Soldadeska Pinochets zertrampelt und zerstört.

1948 beginnt Nerudas politische Laufbahn als Senator in Chile. Er hatte sein gewaltiges Werk zum Ruhme Amerikas, »Der große Gesang«, beendet und schmäht nun in öffentlichen Reden den Tyrannen Videla. Der hetzt ihn aus dem Land und erklärt ihn für vogelfrei. Das Motiv des »Flüchtlings« und die Sehnsucht nach dem Tag der Rückkehr bestimmen die Themen seiner Gedichte in jenen Jahren.

Dank der Vermittlung Picassos, nimmt Paris ihn auf. In Rom erzwingen seine Leser, daß er im Lande bleiben darf. Mit Matilde Urrutia zieht er sich nach Capri zurück und schreibt hier die Liebesgedichte aus dem Zyklus »Die Verse des Kapitäns«. Hier heiraten sie mit dem Mond als Trauzeugen, und nach dem Gesetz im Oktober 1966 in Chile, im Haus auf der Isla Negra.

Die Liebesgedichte, leidenschaftliche Notate eines Ehebruchs, erscheinen anonym, um nicht die Gefühle Delia del Carrils zu verletzen, die dem 20 Jahre jüngeren Dichter einst eine Bewunderin und angetraute Gefährtin gewesen war.

Der Weltreisende Pablo Neruda, der in Berlin wie in Moskau wie in Peking gefeiert wird und der, symbolisch genug, wenige Tage nach dem Tod seines Freundes Salvador Allende und der Vernichtung der Unidad Popular in Santiago de Chile stirbt, hinterläßt ein Vermächtnis. Es ist ein lyrisches, kein parteipolitisches Vermächtnis. Das Vermächtnis des tellurischen Dichters, die Erde als einen Lebensort des Menschen zu bewahren.

Im Rückblick auf sein Werk schreibt Neruda in seinen Memoiren *Ich bekenne, ich habe gelebt*: »Meine Dichtung und mein Leben sind wie ein amerikanischer Fluß verlaufen, wie ein in der geheimen Tiefe der australen Berge geborener chilenischer Sturzbach, der seinen Strom unablässig dem Meer entgegenlenkt. Meine Dichtung verstieß nichts von dem, was der Strom mitführte: Sie nahm die Leidenschaft hin, förderte das Geheimnis zutage und bahnte sich einen Weg in die Herzen des Volkes.«

Möge diese Auswahl die Herzen des Lesers erreichen.

Fritz Rudolf Fries

März 2004

Inhalt

Die Gedichte sind Nerudas Zyklen »Zwanzig Liebesgedichte und ein Gedicht der Verzweiflung«, »Aufenthalt auf Erden«, »Spanien im Herzen«, »Der große Gesang«, »Die Verse des Kapitäns«, »Die Trauben und der Wind«, »Elementare Oden«, »Neue Elementare Oden«, »Drittes Buch der Oden«, »Extravaganzenbrevier«, »Memorial von Isla Negra« und dem »Postumen Werk« entnommen. Diese Zyklen sind enthalten in Pablo Neruda, »Das Lyrische Werk I–III«, erschienen 1985 und 1986 im Luchterhand Verlag, Darmstadt. Die Übersetzer dieser Gedichte sind: Erich Arendt, Katja Hayek-Arendt, Fritz Vogelgsang und Monika López. Zudem wurden Gedichte aus den beiden Gedichtbänden, die nach dem »Lyrischen Werk I–III« erschienen sind, aufgenommen: »Hungrig bin ich, will deinen Mund« und »Balladen von den blauen Fenster«, Luchterhand Literaturverlag, München 1997 und 2000. Diese Gedichte hat Fritz Rudolf Fries übersetzt. Das Gedicht »Farewell« ist aus »Buch der Morgendämmerungen«, in: Dichtungen, Hermann Luchterhand Verlag, Darmstadt und Neuwied 1967/1977, übersetzt von Erich Arendt und »Abschied von den Geschöpfen des Meeres« in »Maremoto«, DA Verlag Das Andere 1991, übersetzt von Tias, erstmals erschienen.

Einband- und Schubergestaltung: R·M·E / Roland Eschlbeck
unter Verwendung des Gemäldes *Broken Hearts* von
Francesco Clemente (© Courtesy Gagosian Gallery, New York)
Satz: Filmsatz Schröter, München
Druck und Bindung: GGP Media, Pößneck

ISBN 3-630-97187-3

Sammlung Luchterhand – das literarische Taschenbuch

Pablo Neruda, Der unsichtbare Fluß

Gedichte. 1923–1973

Herausgegeben von Viktor Farías

272 Seiten. Sammlung Luchterhand 2002

Diese Auswahl aus dem lyrischen Werk Nerudas bietet eine einzigartige Möglichkeit, dem großen Dichter zu begegnen.

Pablo Neruda, Hungrig bin ich, will deinen Mund

Liebessonette. Spanisch/deutsch

112 Seiten. Sammlung Luchterhand 2015

Nerudas Liebessonette sind in ihrer unvergleichlichen Kraft und ihrem Bilderreichtum einzigartig.

Pablo Neruda, Liebesgedichte

Spanisch/deutsch

240 Seiten. Sammlung Luchterhand 2040

Nerudas Herz schlug für die Literatur und die Dichtung, vor allem aber für die Liebe. DIE VERSE DES KAPITÄNS, ZWANZIG LIEBESGEDICHTE und DER RASENDE SCHLEUDERER sind die drei wichtigsten Liebesgedichtzyklen im Werk Pablo Nerudas.

Pablo Neruda, Balladen von den blauen Fenstern

Gedichte. Spanisch/deutsch

144 Seiten. Sammlung Luchterhand 2042

Auf einem Dachboden wurden vor einigen Jahren Pablo Nerudas frühe Gedichte gefunden. Diese Auswahl vermittelt uns endlich eine Vorstellung davon, wie eines der bedeutendsten Werke der Weltliteratur seinen Anfang genommen hat.

Sammlung Luchterhand – das literarische Taschenbuch

Pablo Neruda, Ich bekenne, ich habe gelebt

Memoiren

480 Seiten. Sammlung Luchterhand 2041

Pablo Neruda, einer der größten Dichter des 20. Jahrhunderts und einzigartig als Mensch, Politiker und Humanist, hat mit seinen Memoiren ein grandioses Dokument seines Lebens und seiner Welt hinterlassen.

Pablo Neruda, Aufenthalt auf Erden

Gedichte

196 Seiten. Sammlung Luchterhand 2071

Mit *Aufenthalt auf Erden* hat Neruda seinen internationalen Ruf als Dichter begründet. In diesen drei Zyklen, die in den Jahren 1933, 1935 und 1947 veröffentlicht wurden, vollzog er die Wende hin zu einem politisch denkenden Autor. Sie zählen zu den bedeutendsten Werken der modernen spanischsprachigen Literatur.

Ein Fest zu feiern und sich zu berauschen
Gedichte an Pablo Neruda

Originalausgabe

Herausgegeben von Stefan Wieczorek

144 Seiten. Sammlung Luchterhand 2076

Zu den bekannten Übersetzern von Nerudas Gedichten zählen: Erich Arendt, Stephan Hermlin und Hans Magnus Enzensberger. Viel länger aber ist noch die Liste der großen Autoren, für die Pablo Neruda zum Thema ihrer eigenen Gedichte wurde. Bertolt Brecht, Hilde Domin, Heiner Müller, Peter Weiss u.a. Zu keinem anderen zeitgenössischen Dichter entstanden auch nur annähernd so viele und schöne Widmungsgedichte. Dieser Schatz der deutschen Literatur wird zum 100. Geburtstag Nerudas gehoben.